밤을 달리다

YOASOBI 소설집

호시노 마요
이시키 소타
시나노
미나카미 카나미

GC BOOKS

contents

목차

제1장

밤을 달리다

호시노 마요「타나토스의 유혹 / 밤에 녹다」

005

제2장

그 꿈을 덧그리며

이시키 소타「꿈의 물방울과 별의 꽃」

027

제3장

아마도

시나노「아마도」

109

제4장

미발표곡

(원서 발매 당시 발표되지 않는 곡으로, 2021년 1월 앙코르라는 타이틀로 발표되었다.)

미나카미 카나미「세계의 끝과 작별의 노래」

121

YOASOBI Ayase × ikura 인터뷰

소설이 음악으로 탄생하기까지

149

밤을 달리다

YOASOBI 소설집

제 1 장

밤을 달리다

호시노 마요
「타나토스의 유혹 / 밤에 녹다」

8월 15일. 해는 이미 한참 전에 졌는데
주변에는 여전히 뜨거운 공기가 떠돌고 있다.
맨션 계단을 달려 올라가는 내 몸에서는
땀이 멈출 줄 모르고 계속 흘러 나왔다.

"잘 있어."

겨우 세 글자밖에 안 되는 그녀의 메시지.

그게 무엇을 의미하는지, 난 금방 눈치챘다.

오봉, 명절임에도 불구하고 회사에서 일하던 나는
서둘러 퇴근 준비를 한 후 집으로 향했다.
그리고 옥상에서, 펜스 너머에서 멍한 눈을 하고 서있는 그녀를 찾았다.

투신자살을 하려는 그녀를 발견한 건 사실 이걸로 네 번째다.

세상에는 두 종류의 인간이 있다고 한다.
삶에 대한 본능—「에로스」에 지배받는 인간과
죽음에 대한 본능—「타나토스」에 지배받는 인간이 있다.

이 세상 사람들 대부분이 전자지만, 그녀는 분명 후자에 속했다.

그녀가 「타나토스」에 지배받는 사람임은
그녀와 사귀기 전부터 이미 알고 있었다.
우리가 처음 만난 곳은 지금처럼 맨션의 옥상이었고,
내가 자살을 시도하려던 그녀를 구했기 때문이다.

최근 이 맨션으로 이사 온 여자. 또렷한 눈동자와 도톰한 입술.
그리고 귀여운 얼굴이지만,
어딘가 허무한 표정을 짓고 있는 그녀는
단번에 내 마음을 사로잡았다
분명 이런 걸 첫눈에 반한다고 하는 모양이다.

그때부터 그녀와 다양한 이야기를 하게 되면서
매우 친밀한 사이가 됐다.
과한 업무를 시키는 회사에서 일하면서 혼자 외롭게 살아가는
나에게 있어 그녀는 마치 하늘에서 내려온 천사와도 같았다.

한 가지 의문이 드는 점은 있었다.
그녀는 자살하려 할 때 꼭 나에게 연락한다.
그리고 내가 올 때까지 그 자리에서 기다린다.

아무에게도 알리지 않고 혼자 죽는 편이
확실하게 죽을 수 있을 텐데.
어쩌면 그녀는 처음 만났을 때처럼 내가 자살을 막아주길,
자신을 도와주길 바라는 마음이 가슴 한구석에 있는 게 아닐까
멋대로 해석했다.

그래서, 나는 오늘 밤에도 맨션의 계단을 달려 올라간다.

"하아, 하아……."

맨션 옥상에 도착했다.
그리고 펜스 저편에 선 그녀의 뒷모습을 발견했다.

"기다려……!"

펜스를 넘어 그녀의 손을 붙잡았다.
그녀의 손은 후끈거리는 공기와는 달리 차가웠다.

"이거 놔."

방울 소리와도 비슷한, 가녀리고 귀여운 목소리.
나는 그녀의 목소리를 좋아했다.

"왜 자꾸, 너는……!"
"빨리, 죽고 싶어서 그래."
"대체 왜……!"
"사신이 나를 부르고 있으니까."

그녀는 「사신」을 볼 수 있다.
「타나토스」에게 지배를 받는 사람에게
간혹 생기는 증상이라고 한다.
그리고 「사신」은 「타나토스」에게 지배되는 사람만 볼 수 있다.

"사신이 어디 있다는 건데!"

"왜 내 마음을 이해하지 못하는 거야……!"

내가 사신을 부정하자 그녀는 당연한 것처럼 울며 소리쳤다.

사신은, 보이는 사람에게 가장 매력적인 모습으로 나타난다고 한다.

즉, 이상형의 모습을 하고 있다는 것이다.

그녀는 사신을 보고 있을 때(나한테는 허공을 보는 것처럼만 보이지만), 마치 사랑에 빠진 소녀와 같은 표정을 지었다.

마치 그 존재에 반했다는 것처럼.

나는 그녀의 그 표정이 싫었다.

"사신 따위 보지 말고, 나를 봐."

"싫어……!"

그녀가 내 손을 뿌리치려고 해서

나도 모르게 힘껏 그 손을 쥐고 말았다.

"아파……!"

"미, 미안해……."

하지만 이건 다 네 잘못이잖아.

내 손을 뿌리치려고 했으니까.

나를 보지 않으려 했으니까.

"사신은 이런 짓 절대로 안 해……!"

내 마음속으로 시커먼 응어리가 밀려들어 온다.

"어째서……."

어째서 나는 이렇게나 널 사랑하는데
어째서 너는 나만을 바라보지 않는 걸까.

사신을 질투하는 건 말도 안 되는 일이라고 머리 한구석에서
그렇게 생각했지만, 지금 그런 건 아무래도 상관없었다.

"이제 다 싫어."

나도 싫어.

"이제 지쳤어."

나도 지쳤어.

"빨리 죽고 싶어."
"나도 죽고 싶다고!!"

그때, 그녀가 고개를 들었다.

생긋 웃고 있었다.

그녀의 웃음을 본 순간, 마음에 쌓였던 시커먼 응어리가 사라지는 느낌이 들었다.

어라? 이거 혹시…….

"이제야…… 알아차린 거야?"

"그래……. 이제야 깨달았어."

"정말……? 다행이다."

아아, 그렇구나.

네가 자살을 하려고 할 때마다 나를 부른 건

내 도움이 필요해서가 아니었어.

넌 나를 데리고 가고 싶었던 거구나.

내게 있어 「사신」은 그녀였다.

시원한 바람이 훑고 지나간다.

어느새 불쾌한 더위 따위는 느껴지지 않았다.

"그럼, 갈까."

"그래, 가자."

손을 맞잡은 너와 나.

이 세상이 우리에게 가져다주는 초조함에서 벗어나는 것처럼.

밤하늘을 향해 달려나갔다.

＊＊＊

아득하게 펼쳐진 밤하늘 아래,

옆에는 잠들듯 눈을 감은 그가 있다.

이제 내 역할은 끝났다.
나는 「죽고 싶다」라는 네 마음에서 태어난,
당신에게만 보이는 환상에 불과해.
당신을 죽이는 것, 그게 바로 내 역할이다.

당신은 집으로 돌아올 때 늘 지친 얼굴이었어.
하지만 나와 같이 있을 때는 가끔 기쁜 표정을 보여주었지.
나는 그렇게나 널 괴롭게 했는데 왜 그런 표정을 보여주는 건지
지금도 신기하게만 느껴지지만, 나는 네 그 표정이 참 좋았어.

이제 그런 얼굴도 보지 못한다고 생각하니 좀 아쉽다.
참 우습기도 하지. 너에게서 그 표정을 빼앗은 게 바로 나인데.

하지만 용서해줘. 네가 「죽고 싶다」라는 마음을 가지지 않았다면
나는 태어날 수 없었으니까.
내가 너의 구원이 되었다면 좋겠어.

나와 만나줘서 고마워.
감사를 담아 그의 입술에 키스한다.
그는 역시 눈을 감은 채 움직이지 않는다.

아아, 그것 봐. 역시 빨리 가야겠다.
사신이 부르고 있다.

밤하늘에는 수많은 별이 춤을 추듯 빛나고 있다.
사람은 죽으면 별이 된다고 하는데,
이런 나도 그중 하나가 될 수 있을까.
만약 그렇게 될 수 있다면 네 옆에 나란히 있는 별이 되고 싶다.

아아, 하지만 다시 태어나는 것도 좋겠다.
다시 태어난다면 꽃이나 나비로 태어나고 싶어.
평온한 들판에서 너와 함께 느긋하게 살고 싶어.

하지만 그래도 사람으로 다시 태어나고 싶은 마음도 버릴 수 없다.
사람으로 사는 건 괴로울지 모르겠지만,
너와 함께라면 괜찮을지도 몰라.
그럴 수 있다면 언젠가 네가 진심으로 행복하게 웃는 모습을
보고 싶어. 물론 내 옆에서.

가라앉는 것처럼, 녹아내리는 것처럼.
둘만의 하늘이 펼쳐지는 밤에.

둘이 함께라면 괜찮아.
저 머나먼 밤하늘을 어디까지고 달려나갈 수 있어.

이 손을 놓지 않으면, 분명.

맞잡은 손의 감촉은 그대로 남고,
이 세상의 초조함에서 해방된 우리는
저 멀리 이어지는 밤으로 녹아들었다.

제 2 장

그 꿈을 덧그리며

이시키 소타
「꿈의 물방울과 별의 꽃」

프롤로그

7월 27일, 오토미가와 불꽃 축제. 마을이 내려다보이는 카제나데 언덕. 한 발의 큰 불꽃이 마치 빛의 커튼처럼 눈앞에서 펼쳐진다. 내 옆에는 네가 있다. 네가 입을 열었다.

"좋아해."

네 목소리가 선명히 들리지 않았다. 마치 물속에 있는 것 같았다.

소리 없는 세상에서 불꽃이 꽃을 피우고, 네 목소리만이 들렸다.

나는 너에게 고백을 받는다. 그걸 알게 된 순간이었다.

나는 침대 위에서 눈을 떴다. 지금이 현실인지 확인하려고 눈을 깜박거렸다. 흰 천장이 서서히 또렷이 보이면서, 방금 그 꿈이 예지몽이었다는 확신이 들었다.

나는 어릴 때부터 예지몽을 꿀 수 있었다. 후타미 집안의 여자들은 모두 다양한 형태로 미래 예지를 할 수 있다고 하는데, 나는 꿈을 꾸는 형태로 미래 예지를 할 수 있다.

다만 미래 예지는 세상의 위기를 해결하는 그런 대단한 게 아니라 내 주변에 일어나는 작은 일들만 알 수 있을 뿐이었다. 내일 저녁밥이 뭔지 아는 정도다.

하지만 이번에는 남자애한테 고백받는 예지몽을 꿨다. 이건 열여섯 살인 나에게 있어 세상의 위기 이상으로 중대한 일이다.

그 상대는 이치미야 료. 내 소꿉친구다. 나는 료를 좋아한다. 하지만 그 사실을 숨기고 싶어서 다른 사람들 앞에서는 일부러 조금 차갑게 대하고 있다. 그런데 료가 나를 좋아한다니, 지금 꾼 꿈으로 처음 알았다. 아니, 아직 나를 좋아하는 상태는 아닐지도 모른다.

누운 채로 벽에 걸린 달력을 바라봤다.

오늘은 7월 13일. 오토미가와에서 열리는 불꽃 축제는 7월 27일.

다시 똑바로 누워 눈을 감았다.

“2주일 후.”

혼잣말이 흘러나왔다.

이 2주일 사이에 료도 나를 좋아하게 될지도 모른다. 그렇게 생각하니 얼굴이 화끈 달아올랐다.

1

마이하나 고등학교에 입학한 지 3개월이 지나, 이제 학교와 반에도 어느 정도 익숙해졌다. 료와는 같은 고등학교, 같은 반이었다. 초등학교 때부터 계속 같은 학교에 다녔고, 가끔 같은 반이 되곤 했다. 같은 반이 되면 남몰래 신이 나서 기뻐했다.

교실에 도착하자마자 바로 내 자리로 향했다. 내 자리는 창가 맨 뒷자리다. 마음에 드는 자리이긴 했지만, 요즘에는 햇살이 강해서 빨리 자리를 바꾸고 싶다.

나는 일찍 등교하는 편이라 교실에는 아직 열 명 정도밖에 없었다. 그 열 명 정도의 학생 중에는, 료도 있었다.

료의 자리는 창가 맨 앞자리다. 료는 자리에 앉아 책상 맞은편에 있는 친구와 대화하고 있다. 갈색 머리에 조금 놀 것 같은 외모지만, 책임감을 가진 인물이라는 걸 반 친구들 모두가 잘 안다. 그래서 반장까지 하고 있다. 짧은 머리카락 사이로 보이는 귓가에 손을 댄 채 책상 위에 팔꿈치를 괴고 있다. 순간 그 모습을 넋 놓고 바라보고 말았다.

평소 같으면 책상 위에 가방을 두고 료의 자리 근처에 있는 미사와 수다를 떨러 간다. 그때 료에게 인사 정도는 하지만, 오늘 아침의 꿈이 생각나는 바람에 좀처럼 료의 근처에 갈 수 없었다.

나는 잠시 멍하니 선 채로 고민하다가 결국 자리로 앉아 있기로 했다.

수업 중에는 앞에 있는 네 명의 등에 가려져서 료의 머리밖에 보이지 않지만, 지금은 료의 뒷모습이 확실히 보인다. 계속 볼 수도 있을 것만 같다. 하지만 다음에는 옆자리에 앉았으면 좋겠다고 생각하며 한동안 료의 뒷모습을 바라보고 있었는데, 자리에 앉아 친구와 이야기하고 있던 료가 갑자기 내 쪽을 돌아보았다. 그리고 자리에서 일어나 이쪽을 향해 걸어왔다. 료가 나에게 가까이 올수록 심장이 점점 빠르게 뛰었다.

응? 뭐야? 뭐지? 왜 이쪽으로 오는 거야? 머릿속이 혼란스러웠다.

료는 그대로 내 앞까지 다가왔다.

"무슨 일 있어?

료는 그렇게 말하며 내 얼굴을 들여다봤다.

"왜…… 그래?"

얼굴은 굳어지고, 시선이 이리저리 헤맨다.

"아니, 평소엔 항상 와타나베랑 이야기하잖아? 싸우기라도 했어?"

그는 그렇게 말하며 미사 쪽으로 시선을 주었다.

"아니, 그런 건 아닌데……."

"아니면 감기라도 걸린 거야?"

료가 내 이마에 손을 대려고 했다. 나는 부끄러움을 견디지 못하고 그 손을 뿌리치고 말았다.

초등학생 때라면 「만지지 마!」 하고 말은 해도 농담처럼 받아칠 수 있었는데, 지금은…… 진짜로 세게 뿌리치고 말았다.

"앗……."

내 입에서 후회의 목소리가 흘러나왔다. 그런데도 나는 차갑게 대답하고 말았다.

"괜찮으니까……."

"그렇구나."

료는 그렇게 말한 후 자기 자리로 돌아가 다시 친구와 이야기를 시작했다.

또 실수를 저질렀다. 이것도 다 꿈 때문이다. 주변의 소리가 아득하게 멀어지는 것만 같았다. 이런 짓을 저질러놓고 정말로 료에게 고백을 받을 수는 있을까? 미래가 바뀌는 게 아닐까 불안해졌다.

미래 예지에는 한 가지 문제가 있다. 예지한 미래가 일어나지 않으면 예지 능력을 잃고 만다는 것이다. 이건 할머니에게 들은 이야기였다. 할머니도 미래 예지를 할 수 있었는데, 할머니는 예지몽이 아니라 1분 후의 미래가 뇌리에 스치는 종류의 능력이었다고 했다.

20년쯤 전, 할머니는 할아버지가 교통사고를 당한다는 예지를 했다. 그때 할머니는 할아버지와 길을 걷고 있었는데, 할아버지가 횡단보도에서 신호를 기다리다가 차에 치이는 미래를 봤던 것이다. 그래서 할머니는 바로 그걸 할아버지에게 말했고, 두 분은 예지에서 본 횡단보도를 건너지 않는 길을 선택했다. 그 결과, 예지했던 교통사고는 일어나지 않아 할아버지는 살았지만, 할머니는 예지력을 잃고 말았다.

그 이야기를 해줬을 때, 할머니는 이렇게 말했다.

"단 한 번이지만, 예지한 미래는 바꿀 수 있단다. 하지만 미래를 바꾸면 예지력을 잃게 돼. 카에데, 그 한 번은 꼭 소중한 사람을 구하기 위해 쓰렴."

료에게 고백받는 미래에 그 한 번의 기회를 쓸 수는 없다. 이 미래는 내가 행복해질 수 있는 미래니까. 할머니는 예지한 미래를 바꾸어 예지력을 잃은 것에 대해 후회하지 않았다. 나도 예지한 미래를 바꿀 때 후회하고 싶지 않다.

료의 손을 뿌리친 건 엄청난 실수였을지도 모른다. 이제부터라도 료에게 잘 대해주자고 결심했다. 그리고 불꽃 축제에 같이 갈 수 있을 만큼 친해지고 싶다.

그렇게 생각한 지 6일이 지난 7월 19일. 내일부터 여름방학이다. 불꽃 축제까지 아직 2주일이나 남아서 조금 안심했지만, 그 사실 때문에 여름방학에 대해 완전히 잊고 있었다. 여름방학이 시작되면 료와 만날 기회가 완전히 사라지게 된다.

불꽃 축제를 같이 보러 간다는 약속은 아직 하지 못했다. 얼마 전 일도 있어서, 료가 먼저 불꽃 축제에 같이 가자고 하지는 않을 것 같다. 료와 함께 불꽃 축제를 보러 가지 않으면 그 꿈속에서 나온 고백은 받지 못한다. 그렇게 되면 료와 사귈 수 없고, 내 예지 능력도 잃게 된다.

한숨이 쏟아졌다.

불꽃 축제에 같이 가자고 말하려면 오늘밖에 시간이 없다. 얼마 전의 일을 사과하고, 내가 먼저 가자고 말해보자. 이제 그 방법뿐이다.

학교로 향하는 길을 걸으면서 그렇게 결심한 순간, 가까이에서 자동차 경적 소리가 들렸다. 세상이 슬로 모션으로 변한 것처럼 느껴졌다. 머리가 상황을 따라가지 못한 채, 그저 이제 죽는다는 생각만 들었다.

그때, 누군가가 왼팔을 잡아끌었다. 그리고, 세상이 돌아가는 속도가 원래대로 돌아오면서 눈앞의 경트럭이 지나가는 것이 보였다.

"위험하잖아!"

옆에서 큰 소리가 들려서 몸을 움찔했다. 조심스럽게 돌아보니 료가 있었다. 등교 중에 신호등이 없는 건널목을 잘 살피지도 않고 건너려고 하다가 사고가 날뻔했는데, 료가 구해준 모양이다.

"미안해."

그렇게 말하며 고개를 드니 료는 숨을 조금 헐떡이고 있었다.

료를 바라보면서, 나는 전에도 이런 일이 있었던 것을 기억해냈다.

료는 초등학생 때 강에 빠질 뻔한 나를 구해준 적이 있었다. 마치 지금처럼.

그게 바로 내가 료를 좋아하게 된 계기였다.

료와 같이 학교로 향한다. 얼마 전의 일을 사과하고 불꽃 축제에 같이 가자는 말을 꺼내려 했는데, 사과할 게 또 늘어나고 말았다. 갑자기 계획이 꼬이는 바람에 발걸음마저 무거워졌다.

료는 학교까지 가는 내내 계속 차도와 인접한 길로 걸었다. 료의 배려가 기쁘면서도 미안한 마음에 고개를 푹 숙였다. 잠시 후, 앞을 보고 걷지 않으면 위험하다는 걸 깨닫고 얼굴을 들었다. 하지만 금세 고개를 떨구고 만다. 그걸 몇 번이나 반복해 버렸다. 그러는 사이에 마침내 료에게 사과하자고 결심했다.

"있잖아."

"응?"

반걸음 앞을 걷고 있던 료가 고개를 돌려 나를 봤다.

"저기…… 미안해."

"괜찮아. 아까도 사과했잖아."

"응, 하지만 오늘 일이랑, 얼마 전 그 일도…… ."

"응? 얼마 전? 무슨 일이 있었나?"

"교실에서 내가 네 손을 뿌리쳤잖아?"

"아아, 그거? 그건 내가 잘못한 거니까 신경 쓰지 마."

"응."

벌써 교문이 보이기 시작했다. 항상 지각하는 학생이 없나 눈을 번뜩이는 학생 지도 선생님이 교문 앞에 있는 게 보인다. 아직은 지각하는 시간도 아닌데.

"그것보다, 길에선 주위를 조심해. 어릴 때부터 계속 얘기했잖아?"

"나도 알아."

"정말로 아는 거 맞아? 그리고 이럴 때는 「미안해」가 아니라 「고마워」잖아?"

"응……. 미안해. ……아니, 그게 아니라…… 고마워."

"그럼 답례의 뜻으로 다음에 나랑 같이 불꽃 축제를 보러 가지 않을래?"

“어?”

“답례니까 거절하기 없기야.”

“알았어.”

기뻤다. 그리고 예지몽이 진짜였다는 생각이 들었다. 나는 본심을 숨긴 채 어쩔 수 없다는 듯 답했다. 사실은 미소가 비어져 나올 정도로 기뻤지만 입꼬리가 슬슬 올라가는 걸 애써 억눌렀다. 발걸음이 가벼워졌다. 이 솔직하게 굴지 못하는 버릇, 꼭 고쳐야 하는데.

아침에 눈을 뜨면 벽에 걸린 달력부터 본다. 여름방학이 시작되고 나서 계속 이러고 있다. 불꽃 축제 날이 가까워지면 질수록 기대와 불안감 때문에 가슴이 터질 것만 같았다.

“이제 3일밖에 안 남았어……. 정말로 예지대로 될까……?”

거실로 가서 텔레비전으로 일기 예보를 확인했다. 불꽃 축제가 열리는 날은 날씨가 맑을 모양이다. 분명 괜찮을 거라고 스스로를 다독였다.

그날 밤, 료에게 전화가 왔다. 스마트폰에 표시된 료의 이름을 보자 긴장되는 바람에 빨리 전화를 받을 수 없었지만, 끊기기 전에 간신히 전화를 받았다.

“여보세요…….”

첫마디는 떨렸을지도 모른다. 하지만 그 전화로 약속 장소와 만날 시간을 정할 수 있었고, 예지한 대로 우리 둘은 유카타를 입고 불꽃 축제에 가게 됐다.

불꽃 축제 당일.

"어머나, 예뻐라. 이 엄마가 젊었을 때와 똑같네."

사당이 있는 일본식 방에서 엄마가 유카타를 입혀 주었다. 남색 바탕에 금붕어가 그려진 유카타였는데, 예전에 엄마가 입던 것이었다. 엄마가 젊었을 때, 아빠와 불꽃 축제를 보러 갔을 때 입은 옷이라고 했다. 세련된 디자인이라 지금 입어도 아주 귀여운 느낌의 유카타였다.

"엄마는 미래를 바꾼 적 있어?"

뒤에서 허리끈을 매고 있던 엄마가 거울 너머로 살짝 보였다.

"아직 없어."

"그렇구나."

허리끈이 꽉 조였다. 그 후에도 뒤에서 옷매무새를 다듬는 모양인지 이쪽에서는 통 보이지 않았다. 잠시 후, 엄마가 뒤에서 나타났다. 그리고 마지막으로 내 주변을 돌면서 유카타에 잡힌 주름을 펴주었다.

"자, 다 됐다."

거울에 비친 내 모습은 어른스러운 분위기가 나서 전혀 나 같지 않았다. 남색 유카타에 빨간 허리끈이 돋보였다.

"이렇게 귀여운 우리 딸의 유카타 차림을 볼 수 있는데, 예지한 미래를 바꿀 필요가 있겠니?"

엄마의 말에 자신감이 생겼다. 거울 앞에서 주머니를 들어보기도 하고, 뒷태도 확인하려고 몸을 비틀어보기도 했다.

"설마 너, 예지한 미래를 바꿔서 남자친구라도 만들었니?"

옆에 서 있던 엄마가 말했다.

"아니야! 그 반대야! 고백받는 예지몽을 꿨다고!"

나도 모르게 다 털어놓고 말았다.

"어머나, 젊음은 참 좋네."

엄마는 손으로 입을 가리며, 일부러 눈을 가늘게 뜨고 나를 쳐다봤다. 뭔가 이상한 상상이라도 하는 것처럼.

"됐어! 나 이제 가볼게."

"그래, 잘 다녀와. 너무 늦지는 말고."

나는 뛰쳐나가듯 집을 나왔다. 료와는 카제나데 언덕으로 이어지는 돌계단 앞에서 만나기로 했다. 그곳까지는 집에서 걸어서 3분 정도의 거리였다. 나막신을 신고 걸으니 달각거리는 나무 소리가 기분 좋게 울렸다. 같은 방향으로 가는 사람은 나밖에 없었다. 다들 축제가 열리는 쪽으로 가는 듯했다.

나막신을 신고 걷는 보폭은 평소보다 좁아서, 5분 정도 걸려서 약속 장소에 도착했다. 그곳에는 벌써 료가 유카타 차림으로 기다리고 있었다. 료의 밝은 갈색 머리칼과 검은 유카타의 차이가 멋있어서 가슴이 두근거렸다.

이렇게 약속하고 만나는 게 꿈이었다. 상상 속에서 내가 「기다렸어?」라고 물어보면 료가 「지금 막 왔어」라고 대답한다. 뻔한 상상이지만, 난 그 꿈을 이루어보기로 했다.

"기다렸어?"

겨우 이 네 글자를 말하는 것도 말투가 어색했다. 게다가 목소리도 작았다.

"아니, 지금 왔어. 유카타, 예쁘다."

예쁘다는 말은 상상 속에 없어서, 내 얼굴을 불이라도 뿜을 것처럼 빨갛게 달아올랐다.

"너도 나쁘지 않은데?!"

그래도 그 말을 듣고 반응하지 않을 수 없어서, 이번에는 소리를 높이고 아주 거만하게 대꾸하고 말았다. 사실은 엄청 멋있다고 말하고 싶었는데. 결국 그런 말은 하지 못했다. 왜 이렇게 솔직해지지 못하는 걸까?

"그럼, 갈까?"

료는 어리둥절한 표정을 했지만 금방 미소를 지으며 손을 내밀었다. 너무 부끄러워서 속으로는 두근거리기 바빴지만, 별일 아니라는 것처럼 굴려고 했다.

료의 손을 잡으려고 손을 내밀긴 했지만, 그 손을 잡을 수가 없었다. 그러자 결국 료가 내 손을 꼭 쥐었다. 맞잡은 료의 손은 아주 컸다. 그리고 땀에 조금 젖어 있었다. 하지만 전혀 기분 나쁘지 않았다. 더위 때문인지, 아니면 료도 조금 긴장하고 있는 걸까 상상하니 긴장이 조금 풀리는 듯했다.

둘이서 100개나 되는 돌계단을 올라간다. 계단 폭은 우리 둘이 나란히 서서 걸을 수 있을 정도여서 자연스레 거리가 더 좁혀들었다. 돌계단 오른쪽에는 같은 간격으로 늘어선 석등이 켜져 있어서, 마치 계단 끝에 다른 세계가 펼쳐져 있는 게 아닐까 하는 착각마저 품을 만큼 몽환적인 분위기였다. 주변 숲에서는 풀벌레 소리가 들려서 여름밤의 정취를 느끼게 해줬다. 그리고 그 사이를 우리 둘의 나막신 소리가 지나갔다.

"여기 정말 멋지다. 밤에는 이런 느낌이구나."

료는 늘어선 석등을 보고 말했다.

"응."

이 장소는 나에게 아주 익숙한 곳이었다. 낮에만 와봤지만, 밤에는 석등의 불빛이 참 아름답다고 부모님한테서 들은 적이 있다.

몇 분 정도 걸으니 시야가 탁 트이며 정상에 도달했다. 정상은 테니스 코트 정도의 넓이로, 사방이 풀밭이고, 구석에는 작은 꽃밭도 있다. 낮에 보는 경치가 아름답다는 건 알고 있었지만, 밤이 되어서 그런지 분위기가 엄청 달랐다. 이렇게 어두울 때 료가 없었다면 아마 무서웠을 것이다.

예지몽에서 마을 전체를 내려다볼 수 있는 장소에 쳐진 울타리를 봤다. 아마 저쪽인 것 같다. 내 허벅지 굵기 정도의 나무로 된 울타리가 20미터 정도 설치되어 있다.

자연스레 우리의 발은 그 장소로 향했다.

"예쁘다……."

나도 모르게 그런 말이 흘러나왔다.

언덕에서 마을을 내려다보니 나무 사이로 새어 나오는 노점과 축제의 불빛이 보였다. 이런 작은 마을에서는 보기 드문, 불빛 가득한 야경이다.

“혹시 노점도 가고 싶었어?”

“아니! 불꽃 축제만 봐도 괜찮아!”

사실은 불꽃 축제만으로도 가슴이 벅찼다. 물론 노점까지 같이 돌아볼 수 있다면 더 행복하겠지만, 내 심장이 두근거림을 버틸 수 없을 것 같다. 그러니 지금은 불꽃 축제만으로도 충분하다. 그리고 예지한 대로 고백을 받으면 난 분명 고백을 받아줄 것이다. 그때만큼은 꼭 솔직해지자. 그러면 또 다른 불꽃 축제나 다른 행사에 가서 노점을 둘러볼 수 있을 테니까.

“곧 시작할 시작이야.”

료가 스마트폰 시계를 보며 그렇게 말하고 나서 잠시 후에 펑 소리와 함께 크고 둥그런 불꽃이 시야에 펼쳐졌다가 사라졌다.

아름다웠다. 꿈에서 본 그 불꽃보다 훨씬 더 작은 것이었는데도 실제로 보니 더 박진감이 있었다. 꿈에서는 그의 목소리 말고 아무 소리도 들리지 않아서 그런 것일지도 모른다.

“정말 멋지다.”

료는 그렇게 중얼거리며 이쪽을 봤다. 눈이 마주쳤다. 지금 고백 받는 게 아닐까 생각하니 가슴이 쿵쿵 뛰었다.

그러나 료는 다시 불꽃 쪽으로 얼굴을 돌리고 말았다. 나 역시 터지는 불꽃 쪽으로 시선을 돌렸다. 오토미가와의 불꽃 축제는 매년 1시간 정도에 걸쳐서 1만 발이나 되는 불꽃이 터진다. 그리고 마지막에 터지는 대형 불꽃이 유명한 축제다.

한 발의 불꽃을 시작으로 여러 불꽃들이 하늘로 치솟았다. 정말 예뻤다. 매년 보는데도 볼 때마다 깜짝 놀란다.

스마일 이모티콘처럼 생긴 것이나 수박을 반으로 가른 것처럼 녹색과 빨간색으로 된 불꽃같이 귀여운 불꽃도 있었다. 활짝 핀 불꽃 속을 통과하여 상공에 다른 불꽃 화약이 솟구쳐 올라간다. 그리고 더 높은 하늘에서 불꽃이 터졌다. 불꽃의 높낮이가 이루어내는 대비가 아름다웠다.

여러 색의, 여러 소리의 불꽃이 있었다. 펑펑거리기도 하고, 타닥거리기도 하고, 마치 샤워기를 튼 것처럼 쏴아 하고 쏟아지는 등 여러 소리를 연주하는 불꽃들. 리드미컬하게 솟구치는 불꽃의 소리는 마치 음악과도 같았다.

중반에는 휘리릭 하고 불꽃이 치솟는 소리와 펑 하며 불꽃이 터지는 소리가 서로 포개지듯 수많은 불꽃이 연속으로 솟아올랐다. 그 빛의 양에 압도당했다. 마치 하늘이 한낮처럼 빛으로 넘쳐나고 있었다.

1시간 정도 둘이서 나란히 불꽃 축제를 즐겁게 감상했다. 하지만 축제가 시작되고 점차 시간이 지나면서 언제 고백을 받을지 자꾸만 신경이 쓰였다. 불꽃의 빛으로 밝아졌다가 어두워지는 료의 얼굴을 흘끔 살폈다. 아름다운 불꽃을 순수하게 즐길 수 없는 상황이 참 안타까웠다. 그렇지만 이대로 불꽃 축제가 끝나버리면 나는 예지력을 잃어버린다. 그리고 훗날 소중한 사람을 구할 수 없을지도 모른다. 그렇게 생각하니 뜨거운 여름의 열기 속에서 등골이 오싹해졌다.

곧 불꽃 축제가 끝난다. 그렇게 느낀 건 큰 불꽃을 피우기 위한 무대를 준비하는 것처럼 한 번 약해졌던 불꽃이 다시 기세를 더하듯 치솟았기 때문이다. 곧 마지막의 대형 불꽃이 터질 시간이 된다.

그때 알아차렸다. 만약 료의 고백을 받지 못하면 나는 예지력을 잃는 것만이 아니라 료와 사귈 수도 없다는 것을.

그건 싫다. 나는 료를 정말 좋아하니까. 그래서 기도했다. 별똥별을 보며 소원을 빌 듯 불꽃을 보고 빌었다. 꿈에서처럼 나를 좋아한다고 말하게 해달라고. 이기적인 소원임은 안다. 늘 차갑게 대하기만 했으니 꿈에서처럼 나를 좋아하지 않는 걸까. 초조함과 함께 온갖 생각이 머릿속에서 요동쳤다.

그때, 엄청 큰 불꽃이 솟아오르는 소리가 들렸다. 분명 마지막 불꽃 소리다. 료는 아직 하늘을 올려다보고 있다. 진심으로 바랬다. 부탁이야, 이쪽을 봐줘.

2

열여섯 살의 여름. 7월 27일, 오토미가와의 불꽃 축제. 마을이 내려다보이는 카제나데 언덕에서, 한 발의 큰 불꽃이 마치 빛의 커튼처럼 눈앞에 펼쳐진다. 옆에는 네가 있다. 네 목소리가 들렸다.

"좋아해."

나는 네게 고백을 받는다. 그 사실을 알게 된 순간이었다.

이 예지를 한 건 여섯 살이었을 때다. 후덥지근한 어느 여름날, 햇살이 강렬했지만 신경쓰지 않고 동네 친구들과 서로 물을 끼얹으며 물놀이를 하는 중이었다.

그때, 갑자기 의식이 뚝 끊기는 순간이 있었다. 그 순간, 고백받는 미래를 봤다. 아주 짧은 순간이어서 아무도 내가 의식을 잃었다는 걸 몰랐던 것 같다.

순간적으로 머릿속에 떠오른 이미지를 아빠에게 말하자, 아빠는 그게 바로 예지라고 말했다. 그리고 이치미야 집안의 남자는 예지력을 가지고 태어난다는 것도 알려줬다. 이치미야가에 신관의 피가 흐르는 것과 예지 능력이 관련이 있는 것 같다는데, 아버지도 자세한 건 잘 모른다고 했다. 다만 나는 여섯 살 때 10년 후인 열여섯 살의 일을 예지했다. 이렇게나 먼 미래를 예지하는 일은 드물다고 한다. 예전에는 천 년 후의 일도 예지한 사람이 있다는 이야기를 할아버지에게 들은 적이 있다. 그래서 드물다고 해봤자 최근 3대까지만 해당하는 정도일 것이다.

그리고 주의해야 할 것이 있다. 예지한 미래를 바꾸면 예지 능력을 잃게 된다. 아버지는 그렇게 말했다.

그때 나한테 고백한 사람의 목소리는 알고 있다. 목소리라는 건 10년이 지나도 그다지 변함이 없는 모양이다. 어쩌면 남자와 달리 변성기를 거치지 않아서 그런 걸까.

그 사람은 바로 후타미 카에데. 내 또래이고, 같은 초등학교에 다닌다. 집도 가까워서 집단 등교할 때도 같은 그룹이라서 매일 얼굴을 보고 있다. 그렇지만 반은 달라서 이야기를 나눈 적은 별로 없었다.

내가 다니는 초등학교는 2년마다 반을 바꾼다. 초등학교 3학년이 됐을 때, 처음으로 같은 반이 됐다. 그것도, 짝이 됐다.

반 배정 후의 자기소개 시간. 내 차례를 마치고 친구가 될 만한 애는 없는지 두근거리는 마음으로 새롭게 같은 반이 된 학생들의 자기소개를 듣고 있었다. 그리고 1, 2학년 때 같은 반이었던 친구들이 뭐라고 이야기할지 흥미진진해하던 참이었다.

그런데 후타미 카에데의 자기소개를 들을 때만큼은 그 어느 쪽의 기분에도 해당하지 않았다.

나는 미래에 내게 고백할 상대에 대해 잘 몰랐다. 자기소개는 그녀에 대해 알 수 있는 절호의 기회였다. 한 마디도 놓치지 않으려고 집중했다.

알고 있는 것이라곤 후타미 카에데는 가녀린 체구에 지금은 나보다 살짝 키가 크다는 점. 가늘고 긴 머리카락이 예쁘다는 점. 때로는 그 긴 머리카락의 일부를 가늘게 땋아 늘어뜨리고 다닌다는 점이 전부다.

"후타미 카에데입니다. 잘 부탁드립니다."

한 마디도 안 놓치겠다는 내 마음과는 달리 카에데는 그 말만 하고 바로 자리에 앉고 말았다. 상당히 긴장한 모양이었다. 자리에 앉자마자 깊은 한숨을 내쉬며 가슴을 쓸어내리고 있었다.

결국 카에데에 대해 알게 된 건 별로 없었다. 하지만 카에데가 남들 앞에서 긴장하는 성격이라는 건 알게 됐다. 그것만으로 다행이라 여기자. 오늘부터 알아가면 될 일이니까. 왜냐면 우리는 서로의 옆자리에 앉은 사이니까.

우선 첫걸음부터 시작하자.

"잘 부탁해."

자기소개를 마치고 자리에 앉은 그녀에게 얼굴을 들이밀며 작은 목소리로 말을 걸었다.

"응, 잘 부탁해."

자기소개 때의 분위기와 다르게 카에데는 나를 향해 활짝 웃었다. 많은 사람 앞에서는 긴장은 해도 낯을 가리는 건 아닌 듯했다.

서로 옆자리인 덕분에 금방 친해졌고, 한 달쯤 지나자 나는 카에데에 대해 어느 정도 잘 알게 됐다.

카에데는 피아노를 배우고, 음악 수업을 좋아하는 것 같다. 운동 실력은 평범한 수준. 시험은 전 과목을 거의 100점 맞을 정도로 머리가 좋다. 책도 좋아해서 쉬는 시간에 자주 친한 여자애들과 도서실에 가는 모양이다.

우리는 수업 중에 교과서를 같이 보고, 장난도 쳤다. 학교에 가는 게 너무나도 즐거워서 1학기 마지막 날에는 여름방학이 시작되는 것이 싫을 정도였다.

여름방학에 카에데와는 가끔 밖에서 얼굴을 볼 수 있었고, 이야기할 기회는 거의 없었다.

초등학교 3학년 여름방학의 마지막 날. 거실에서 책가방에 내일 준비물을 넣고 있을 때였다.

예지로 미래를 봤다.

비 오는 날, 학교에서 집으로 돌아오는 길. 카에데가 강에 빠지려 한다. 나는 카에데를 향해 손을 뻗었다. 그때, 장면이 바뀌는 것처럼 의식이 돌아왔다.

거실 텔레비전에서 태풍 21호가 일본에 접근하고 있다는 방송이 나오는 중이었다. 그 강의 수위를 생각하면, 예지를 통해 본 건 분명 태풍이 부는 날이다.

여름방학이 끝나고 첫 등교일. 태풍이 가까워지고 있음에도 개학식과 수업은 그대로 하는 모양이었다. 엄마의 말씀으로는 태풍 경보가 뜨지 않는 한 휴교하는 일은 없다.

“조심히 다녀와.”

“응! 다녀오겠습니다!”

아빠의 배웅을 받으며 현관문을 열자 비는 내려도 그렇게 많이 내리지는 않아서 집 앞의 땅까지 젖지는 않았다. 우산을 쓰고 밖으로 나왔다. 바람도 별로 강하지 않았다. 나는 집단 등교를 위해 집합 장소로 향했다.

걸어서 1분 정도 거리에 있는 집합 장소에 도착하자 그곳에는 카에데가 있었다. 다른 아이는 아무도 안 왔다. 카에데는 내가 온 걸 모르는 듯했다. 우산 사이로 하늘을 올려다보는 옆얼굴이 보였다.

또다시 여름방학 전처럼 카에데와 많이 이야기할 수 있을 거라는 생각에 가슴이 뛰었다.

그렇지만 카에데에게 다가갔을 때, 머릿속에 어제 예지했던 미래가 떠올랐다. 카에데의 복장은 어깨에 프릴이 달린 분홍색 티셔츠에 아래는 데님 반바지 차림이었다. 예지로 봤던 옷과 똑같은 옷이었다. 역시 오늘이 예지에서 봤던 일이 일어나는 날이다. 반드시 카에데를 구하겠다고 다짐하면서 태연한 얼굴로 말을 걸었다.

"안녕."

"아, 안녕. 아무도 안 오길래 오늘이 정말로 학교 가는 날 맞는지 불안했어."

카에데는 나를 보고 미소를 지었다.

"가는 날 맞아. 오늘은 쉬는 날이어도 될 것 같지만."

그렇게 말하며 카에데처럼 하늘을 올려다봤다. 하늘 전체를 회

색 구름이 뒤덮고 있는 데다가 그 속도마저 매우 빨랐다. 상공에 부는 바람은 강한 것 같았다.

카에데와 잠시 이야기를 나누고 있으니 다른 학생들이 모여들었다. 모두 다 모이고 나서 오랜만에 카에데와 나란히 등교했다.

교실의 맨 뒤편 창가 자리에 앉아 밖을 내다봤다. 비가 제법 강해졌다. 빗방울이 창문을 때리면서 창밖의 풍경을 희뿌옇게 번지게 했다. 바람도 아침보다 강해진 것 같았다.

3교시 수업 시작의 종이 울렸다. 평소 같으면 수업 종이 울리기 전부터 담임 선생님이 교실에 있는데, 오늘은 종이 울려도 오지 않았다. 모두가 술렁이기 시작했다. 나도 옆자리의 카에데와 선생님이 왜 안 오는지 이야기를 나누기 시작했을 때, 교실 문이 열리며 담임 선생님이 조금 조급한 모습으로 들어왔다. 선생님은 아무 말도 안 하고,교단 위에 서서 칠판에 뭔가를 적었다. 빗소리와 함께, 칠판에 부딪치는 분필 소리가 교실을 울렸다.

"여러분도 알고 있겠지만, 태풍이 오고 있어요. 오늘 수업은 쉬게 됐으니 지금부터 집단 하교를 할 거예요."

선생님이 빠른 어조로 말했다.

교실이 또 소란스러워졌다. 그러자 선생님이 더 큰 목소리로 말했다.

"빨리 하교 준비를 하고 칠판에 적힌 장소로 집합해 주세요."

칠판에는 하교 그룹과 교실이 각각 적혀 있었다. 카에데와는 집이 가까워서 같은 그룹이라 도중까지는 같이 갈 수 있다.

1층에 있는 여덟 개의 반에서 같은 구역에 사는 학생들끼리 모였는데, 모두 다 모인 그룹부터 하교를 시작했다. 한 그룹마다 선생님 한 분이 인솔하는 듯했다.

우리 그룹은 다른 그룹보다 좀 늦게 하교를 시작했다. 이때도 바람은 아직 태풍이라고 할 정도로 강하지는 않았지만, 우산을 써도 무릎 아래가 비로 축축하게 젖을 정도로 세진 상태였다. 때때로 강한 바람이 불어오면 우산을 때리는 빗소리가 세지기도 했다.

"조심히 걸어라!"

맨 뒤에서 학생들을 인솔하는 체육 선생님의 목소리는 비가 내리는 중에도 잘 들렸다.

나는 카에데의 옆에 있으려고 했지만, 친한 여자애들이 카에데의 옆을 차지하는 바람에 어쩔 수 없이 카에데의 뒤에 있었다. 20명 정도의 학생이 두 줄로 나란히 하교했다.

열여섯 살이 됐을 때는 내가 더 크다는 걸 알고 있지만, 지금은 아직 카에데가 더 컸다. 카에데의 빨간 우산과 얼핏 보이는 분홍색 책가방을 보며 멍하게 걸었다. 머릿속은 카에데를 지켜야 한다는 정의감으로 가득했다.

예지로 본 것은 카에데 집 근처에 있는 강이다. 하지만 학교에서 우리 집이 더 가까워서 내가 먼저 집에 도착하고 만다. 집을 그냥 지나쳐 카에데를 따라가려고 하면 선생님도 이상하게 여기고 날 막을 게 분명하다.

"그럼, 잘 가."

우리 집 근처까지 오자 나는 속으로 잘 가라는 인사를 하고, 마지못해 하교하는 무리를 떠났다.

"조심히 들어가라."

체육 선생님의 큰 목소리가 뒤에서 들렸다.

나는 집에 가는 척하다가 길을 되돌아가 적당한 거리를 유지하면서 들키지 않도록 몰래 아이들의 무리를 따라갔다. 다섯 개의 작은 우산과 하나의 큰 우산을 쓴 무리가 1미터 정도 앞을 걷고 있다. 선생님은 아마 제일 집이 먼 학생을 따라갈 터이다. 그래서 예지로 봤을 때 카에데가 혼자였던 거다.

무리를 따라간 지 3분 정도 걷다가 갈림길이 나왔다. 여기에서 카에데와 또 다른 한 명의 학생이 무리와 헤어졌다. 예상대로 선생님은 남은 세 명을 인솔하며 갔다. 무리에서 나온 카에데는 곧 다른 학생과도 헤어져 드디어 혼자가 됐다.

그 후에도 몰래 뒤를 따라갔다.

카에데의 집에 가까이 왔을 때, 작은 다리가 나왔다. 그러나 카에데가 다리 구석에 쪼그리고 앉았다. 거기에 뭔가 있는 것일까? 카에데는 한 번 그 자리에서 일어나서 다시 다리 쪽으로 돌아왔다. 내가 있는 걸 눈치챈 줄 알고 잔뜩 긴장했으나, 카에데는 그대로 강가로 이동해서 그곳에 쪼그려 앉았다.

내 눈에는 강가에 쪼그리고 앉아 있는 카에데의 모습이 비치고 있었다. 예지로 본 건 바로 이 장면이었다. 나는 서둘러 그곳으로 달려갔다.

그때, 카에데가 강 쪽으로 손을 뻗었는데, 몸이 휘청거리면서 강에 빠지려 했다. 내가 카에데의 곁에 도착하기 직전, 카에데는 이미 발이 미끄러져 강물에 빠지려던 순간이었다. 강에 흐르는 물소리가 순간 아득해지면서, 카에데의 움직임이 마치 슬로 모션처럼 보였다. 카에데를 향해 손을 뻗었다.

닿았다. 내가 카에데의 손을 잡은 순간, 시간이 원래의 속도로 흐르기 시작했다.

"앗!"

카에데가 소리를 지르며, 우리 둘은 강둑에 털썩 엉덩방아를 찧고 말았다. 손에 쥔 내 파란 우산은 땅바닥에 떨어졌고, 카에데의 빨간 우산은 강물에 쓸려가고 말았다. 엉덩방아를 찧은 바람에 바지는 다 젖고, 손에는 젖은 풀과 흙의 감촉만이 남았다. 예지 속에서는 좀 더 멋지게 구한 것처럼 보였는데, 사실은 아닌 모양이다. 하지만 늦지 않아서 정말 다행이었다.

"……료?"

왜 내가 여기 있는지 의아하다는 표정이었다.

"괜찮아?"

"응, 고마워."

"아, 우산이 떠내려갔어……."

"아…… 어쩌지?"

카에데는 무릎을 꿇은 채 다시 강물 쪽을 들여다봤다. 하지만 이제 우산은 보이지 않았다. 강물에 휩쓸려서 다리 아래쪽 물살에 삼켜진 것 같았다. 다리 근처의 탁한 강물은 물보라까지 튀기고 있었다. 다리 아래로 지나가지 못한 흙탕물이 넘치는 모양이다. 수위는 다리 바로 위까지 차오르는 중이었다.

"우산은 포기하는 수밖에 없겠다."

내 쪽을 본 카에데는 울먹거리는 표정을 지었다.

“그런데 넌 여기서 뭘 했던 거야?”

“저거…….”

카에데가 손가락으로 가리킨 장소에는 유리병이 나뭇가지에 걸려 빙빙 회전하고 있었다. 그 안에는 분홍색 꽃이 들어 있었다. 탁한 강물 속에서도 그 꽃만큼은 아주 예쁘게 보여서 눈길을 끌었다.

“저걸 잡으려고 한 거야?”

“응.”

카에데는 아직 포기하지 않았나 보다. 꼭 건져내야 할 정도로 중요한 물건일까?

손을 뻗으면 닿을 것 같은 거리였다. 강물 가장자리 아슬아슬한 곳까지 가서 오른손을 뻗었다. 닿을 듯 말 듯 했다. 조금만 더 손을 뻗으면 닿을 것 같은데. 오른쪽 어깨를 더 앞으로 빼서 팔을 뻗으니 손가락에 병이 닿았다. 그리고 손가락으로 끌어당기듯 병을 집었다.

“잡았다!”

그렇게 말하며 병을 카에데에게 보여주려고 한 순간, 왼발이 젖은 흙을 도려내는 듯 미끄러졌다. 균형을 잃고 몸이 강 쪽으로 기울었다. 하지만 병은 놓치지 않았다.

—병을 쥔 쪽의 팔을 누군가가 꽉 잡는 느낌이 들었다. 카에데의

손은 아니었다. 좀 더 큰 손이었다.

"조심해!"

아빠의 목소리가 들렸다. 나는 아빠의 손에 의해 강둑으로 끌려 올라갔다.

"아빠!"

"다친 곳은 없어?"

"응, 어떻게 여기에 왔어?"

"너도 알잖아?"

아빠는 그 말만 했다. 분명 예지했을 것이다.

"여긴 위험하니까 너희 둘 다 이쪽으로 와라."

아빠에게 이끌려 다리 앞으로 돌아갔다. 혼날 줄 알았는데 그렇지 않았다.

"카에데는 다친 곳 없니?"

"네."

"료는?"

"괜찮아."

"다행이구나."

"자, 이거."

나는 강에서 건져낸 병을 카에데에게 건넸다.

“고마워.”

병 곳곳에 흙이 묻어 있었지만, 안에 든 연분홍빛 꽃은 시들지 않고 다섯 장의 꽃잎을 활짝 벌린 채였다.

“카에데, 아저씨와 료가 바래다주마.”

셋이서 카에데의 집으로 향했다. 내 우산을 아빠가 쓰고, 아빠의 큰 우산은 나와 카에데 둘이서 썼다.

아빠가 사정을 간단히 설명하자, 카에데의 엄마는 과할 정도로 크게 감사 인사를 했다.

카에데를 바래다준 다음, 아빠와 같이 집으로 향했다.

“여자애를 구하다니, 대단한걸?”

“결국 아빠가 도와줬지만.”

“부모가 자식을 돕는 건 당연하잖아?”

“예지했던 거면 우산을 하나 더 가지고 오지 그랬어?”

“료도 예지로 봤잖아?”

“거기까지는 못 봤단 말이야. 아빠가 오는 줄도 몰랐고…….”

“그래? 아빠의 예지에도 아빠의 우산밖에 없었단다. 그리고 너도 카에데와 우산을 같이 써서 좋았잖아? 안 그러니?”

그렇게 아빠의 놀림만 받았다.

3

“그럼 잘 다녀와. 오후에 보자.”

부모님의 배웅을 받으며 집을 나섰다.

신사에 심어진 벚꽃이 활짝 피었다. 경내에 깔린 자갈 사이에 벚꽃잎이 섞여 있다. 오늘부터 나는 고등학생이다.

마이하나 고등학교. 카에데와 같은 고등학교에 입학하게 됐다. 반은 1학년 5반. 같은 반 학생의 이름이 적힌 종이에 카에데의 이름도 보였다.

교실로 가자 벌써 카에데는 창가 제일 뒤편 자리에 앉아 있었다.

카에데는 초등학생 때와 마찬가지로 긴 머리의 일부를 가늘게 땋아 늘어트린 채였다. 열린 창문에서 부는 바람이 그 예쁜 머리카락을 흩날리게 했다. 정말 그림 같은 풍경이었다.

계속 보고 있고 싶었지만 그럴 수도 없다. 교실 뒷문으로 들어가 곧바로 카에데의 자리로 다가가서 말을 걸었다.

“안녕. 고등학교에서도 잘 부탁해.”

“응…… 잘 부탁해.”

역시 어딘지 모르게 차갑다. 언제부터인지 이렇게 어색한 분위기가 됐다. 초등학생 때는 더 친한 사이였는데, 내가 싫어진 걸까?

예지가 정말로 이루어지긴 할지 불안해지기 시작했다.

어쩔 도리도 없이 나는 얼른 내 자리로 향했다. 내 자리는 창가 제일 앞자리였다. 가방을 책상 위에 놓고 자리에 앉았다. 창문에서 시원한 바람이 들어오는 창가 자리가 기분 좋았다.

1학년 5반의 담임 선생님은 30대의 비교적 젊은 여자 선생님이었다. 나직한 목소리에, 말하는 것도 차분했다. 입학식 후에 있는 조회 시간. 담임 선생님이 교단에 서서 학교생활에 대한 주의사항을 이야기하고 있었다.

"아르바이트는 해도 좋지만, 미리 학교에 신청을 해야 합니다. 신청서는 학생 지도실에 있으니 용지를 받아와 작성해 주세요……."

그 목소리가 순간 일그러지면서 시야가 확 바뀌었다. 또 예지가 보였다.

하지만 이상했다. 여섯 살 때 본 예지와 똑같은 장면이 보였다.

7월 27일, 오토미가와의 불꽃 축제. 마을이 내려다보이는 카제나데 언덕에는, 카에데와 같이 하늘을 올려다보는 내가 있다. 하지만 대형 불꽃이 터질 때, 고백한 건 나였다.

장면이 다시 바뀐다. 낯선 방에서 카에데가 잠들어 있다. 카에데는 침대 위에서 눈을 뜨더니 벽에 걸린 달력에 눈길을 주었다. 그리고 똑바로 누워 「2주일 후」라고 말했다.

그리고 다시 장면이 바뀌어 교실로 돌아와 있었다.

머릿속이 혼란스러웠다. 담임 선생님은 아직도 이야기하고 있었지만, 그 내용은 전혀 머릿속에 들어오지 않았다. 나는 생각을 정리하기 위해 눈을 감았다.

지금의 예지는 여섯 살 때의 예지와는 달리 내가 카에데에게 고백을 했다. 그래서 대형 불꽃이 솟아오르는 장면에서 카에데가 고백하는 예지와 내가 고백하는 예지, 이 두 가지 미래가 동시에 존재하는 것이 무엇인가 이상했다.

그리고 이상한 게 하나 더 있다. 왜 카에데가 잠에서 깨어나는 장면을 봤을까? 고백 장면과 카에데가 눈을 뜨는 장면에 어떤 연관이 있다면, 지금 본 건 카에데가 내게 고백을 받는 꿈을 꿨다는 예지가 아닐까?

나에게 예지력이 있어서 그런 생각을 하는 걸까, 아니면 혹시 카에데에게도 예지력이 있는 게 아닐까?

그날은 입학식과 조회 시간만 있고 수업은 없어서 일찍 끝났다. 고등학교도 걸어서 통학하게 되어 첫날은 중학교 때부터 친했던 남자애들과 같이 집으로 돌아갔다. 하교 중에도 머릿속에는 예지에 대한 생각으로 가득했다. 빨리 아빠와 이 문제를 상의하고 싶었다.

카에데도 예지할 수 있다니, 그게 가능한 일일까? 카에데에게도 예지 능력이 있다면, 혹시 내가 어느 시점에서 예지한 미래를 바꾼 게 아닐까? 그렇다면 나는 예지력을 잃게 되는 걸까. 머릿속에서 생각만이 빙빙 맴돌았다.

친구와 헤어진 후, 뛰어서 집으로 돌아갔다. 부모님도 입학식에 참석하기 위해 학교에 왔었는데, 집으로 돌아가니 부모님은 이미 귀가한 후였다.

“오오, 어서 와라. 일찍 왔구나.”

“아빠, 잠시 할 얘기가 있어.”

“왜, 예지 때문에 그래?”

“그렇긴 한데, 이것도 예지한 거야?”

“아니, 네가 그런 얼굴로 말하면 늘 예지 때문에 그런 거니까.”

“그런 얼굴은 또 뭔데?”

“지금 하고 있는 그 얼굴 말이야.”

아무도 없는 방으로 이동해서 탁자에 마주 보고 앉았다.

어떻게 말을 꺼내야 좋을지 망설였지만, 이미 여섯 살 때 카에데에게 고백을 받는다는 예지에 대해 다 말한 상태다. 그래서 오늘 학교에서 본 미래에 대해 아빠에게 자세히 설명했다.

그리고 카에데가 예지 능력자일 수도 있는지 물어봤다.

“후타미는 원래 무녀 집안이었어. 우리와 달리 신사는 이제 없지만, 무녀였던 집안이니 예지를 할 수 있는 가능성이 없는 건 아니지. 전에도 말했지만, 우리 집안 남자들의 예지 능력은 신사 신관의 가계인 것과 관련이 있는 것 같아. 네 할아버지에게 물어보면 더 자세한 걸 알 수 있겠지만, 이 마을 무녀 집안의 사람인 카에데가 예지할 수 있다는 건 솔직히 놀라운 일은 아니지.”

나한테는 깜짝 놀랄 일이었다. 오늘까지 우리 가족 이외에 미래 예지를 할 수 있는 사람이 있다는 이야기는 솔직히 오컬트 같은 것밖에 들은 적이 없었기 때문이다. 그것도 미래에 사귈지도 모르는 여자애가 예지 능력자이고, 게다가 같은 장면을 예지했다니. 그런 건 상상도 못 했다.

또 한 가지 의문이 있다. 카에데가 예지 능력자라면, 서로 모순되는 두 가지 예지가 어떻게 가능할까. 내가 본 건 카에데가 나한테 고백하는 미래. 카에데가 본 것은 같은 날 그 장소에서 내가 카에데에게 고백하는 미래다.

“그건 나도 잘 모르겠구나. 하지만 예지한 미래는 바꿀 수 있어. 그래서 네 예지가 10년 사이에 변해버렸을 가능성도 있지. 하지만 예지 내용을 바꾸는 건 네 의지에 따라 해야할 일이야. 일부러 예지를 바꾸려 했다면 몰라도, 그런 게 아니라면 그리 쉽게 바꿀 수 있는 게 아니지. 정말로 그 두 예지 사이에 모순점이 있었어? 잘 생각해봐."

두 가지 예지에 모순이 없었다고? 하지만 그 예지는 같은 장면이었다. 오토미가와에서 열리는 불꽃 축제. 대형 불꽃이 치솟을 때 두 예지에서는 모두 각자가 좋아한다고 말했다. 모순점이 없다면 대체 뭐가 어떻게 된 일일까.

"고마워. 한번 잘 생각해볼게."

나는 모순을 어떻게 찾을 수 없을까 끙끙거리며 방을 나왔다.

"또 궁금한 게 있으면 물어봐."

뒤에서 아빠의 목소리가 작게 들렸다.

나는 초등학생 때부터 카에데를 좋아했다. 그래서 카에데가 본 예지대로 내가 카에데에게 고백하는 것에는 문제가 없다. 하지만 그런다면 내 예지를 바꾸게 되니까 나는 예지력을 잃게 된다. 어릴 때 강에 빠질 뻔한 카에데를 구할 수 있었던 건 다 예지능력 덕분이다. 예지능력을 잃게 되면 더는 소중한 사람을 구할 수 없을지도 모른다. 그러니 우리 둘의 예지가 틀리게 놔둘 수는 없다.

그 후에도 나는 침대에 누워 열심히 생각해 봤지만, 좀처럼 답을 찾아낼 수는 없었다.

그 후로 일주일 동안 매일 그 두 가지 예지에 대해 고민해 봤으나 역시 두 가지가 모순된 것으로밖에 여겨지지 않았다.

고등학교 생활이 익숙해지기 시작하면서 새로운 친구도 생겼다. 동아리는 아직 견학도 안 해봤지만, 중학생 때처럼 축구부에 들어갈 생각이다. 동아리가 없으면 집에 일찍 돌아가게 된다.

집에 도착해서 현관문을 열자 어머니가 바로 앞에 있었다.

"앗, 깜짝이야. 다녀왔습니다."

"어서 와. 마침 잘 왔어. 이거, 본채로 좀 옮겨줄래?"

현관에 사이다 상자가 놓여 있었다. 다른 마을에 사는 외할아버지로부터 자주 사이다를 받는데, 이번에도 또 보내주신 모양이다.

"알았어."

그렇게 대답하고 현관에 가방을 둔 후, 사이다 캔이 가득 담긴 상자를 들어 올렸다. 상자에는 「250ml×30개」라고 적혀 있었다. 거의 7.5킬로그램 정도 되겠구나, 하고 머릿속으로 계산했다.

본채는 집 바로 옆에 있다. 본채까지 이어지는 디딤돌을 조심스럽게 건너면서 상자를 한쪽 무릎 위에 얹듯 들고 본채 문을 열었다. 아무도 없다. 상자를 일본식 방 앞에 놔두고 나서 거실로 가니 그곳에 할아버지가 있었다. 늘 틀고 있던 라디오를 끄고 뭔가 하는 모양이었다.

"오오, 료 왔구나. 이거 먹겠니?

할아버지는 내가 온 걸 알고 그렇게 말하며 책상에 둔, 뭔지 잘 알 수 없는 화과자를 내밀었다.

"아니, 난 단 거 별로 안 좋아해. 또 사이다를 받아서 방 앞에 놔뒀어."

"오오, 그렇구나."

할아버지는 사이다를 특별히 좋아하는 것도 아닌데 그렇게 말하며 웃곤 했다.

"그건 뭐야?"

할아버지 바로 앞에 있는 책상에 놓인 불꽃 사진이 눈에 들어왔다.

"아, 이거 말이냐? 이건 작년 불꽃 축제 사진이란다."

"와아, 누가 찍은 건데?"

"누구긴, 사진가지. 내가 찍으면 흔들려서 불꽃이 두 개가 될걸?"

"흔들린다고?"

내가 웃으면서 대꾸했다.

"그래."

할아버지도 웃음을 터트렸다.

"역시 전문가가 찍어서 그런지 예쁘게 찍혔네."

할아버지가 만족스럽게 웃으며 고개를 끄덕였다.

"이 중에서 올해 불꽃 축제 전단지에 실을 사진을 고를 거야."

"이게 작년 불꽃 축제 전단지야?"

전단지에는 불꽃 축제의 하이라이트인 대형 불꽃이 터지는 사진이 크게 인쇄되어 있었다. 재작년 대형 불꽃은 오렌지색이고, 일부가 붉은 불꽃이었던 모양이다.

"그래, 역시 마지막에 쏘는 대형 불꽃이 좋겠지?"

얼마 전에 예지로 봤던 대형 불꽃을 머릿속으로 떠올렸다. 오렌지색의 빛줄기가 크게 펼쳐지면서 마지막에는 분홍빛의 작은 빛이 반짝거리며 사라지는 형태였다.

내가 여섯 살 때 본 예지를 떠올려본다. 마찬가지로 대형 불꽃. 오렌지색의 빛줄기는 똑같다. 그렇지만 마지막으로 반짝이며 빛난 건 분명 녹색이었다.

두 예지에서 봤던 불꽃이 다르다고? 예지에서 본 건 서로 다른 불꽃 축제였다는 뜻인가? 아니, 이 부근에서 불꽃 축제는 딱 하나뿐이다. 그 카제나데 언덕에서 대형 불꽃을 볼 수 있는 건 이 불꽃 축제밖에 없다.

그럼 같은 오토미가와의 불꽃 축제라도 열린 연도가 다른나? 아니, 카에데의 방에서 본 달력은 올해 거였고, 카에데도 2주일 후라고 말했다. 적어도 카에데는 그 예지를 올해 열리는 불꽃 축제의 것이라고 알고 있을 것이다. 예지 능력자가 사건이 일어나는 해를 잘못 알 리가 없다.

그렇다면…….

"할아버지, 오토미가와에서 열리는 불꽃 축제에서 마지막에 대형 불꽃은 한 발만 쏘지?"

"그렇지?"

"반드시 매년 한 발만 쏘는 거 맞지?"

"그렇단다."

"두 발을 쏘는 것도 가능할까? 할아버지가 찍으면 흔들리는 사진처럼 말이야. 물론 동시에 쏘는 건 아니야."

"뭐?"

할아버지는 끼고 있던 안경을 비스듬히 들어 올리며 조금 얼빠진 얼굴로 나를 바라봤다.

오토미가와에서 열리는 불꽃 축제는 몇십 년 전부터 매년 개최되는 전통 있는 축제로, 우리 집안의 조상님인 신관이 이 마을의 발전과 영혼을 달래기 위해 시작했던 게 계기라고 한다. 그래서 규모가 커진 지금도 이 불꽃 축제는 할아버지가 축제 실행 위원을 맡고 있다. 그래서 할아버지가 전단에 들어갈 사진을 고르고 있는 것이다. 전단은 아직 완성되지 않았지만, 불꽃을 터트리는 프로그램은 매년 있는 거라서 어느 정도는 다 정해져 있다고 한다.

대형 불꽃 두 발을 쏘아 올리고 싶다는 요구가 여섯 살 때 본 미래와 관계가 있다고 말하자, 할아버지는 곧바로 실행 위원회를 소집해 주겠다고 나섰다.

할아버지는 그날 의욕에 넘쳐 실행 위원회 모임을 위해 외출했다. 지금 내가 할 수 있는 일은 아무것도 없다. 돌아올 시간 즈음에 본채로 가서, 툇마루에 앉아 할아버지가 돌아오기만을 기다렸다. 정원에는 할아버지가 잘 손질한 소나무와 물동이가 있어서 정취가 있는 이곳에 있으면 참 마음이 편하다.

잠시 기다리고 있으니 뒤에서 기척이 났다. 거실에 가니 할아버지가 이미 돌아와 있었다. 할아버지의 표정은 그리 개운해 보이지 않았다. 대화가 잘 안 된 모양이다.

아직 정식으로 프로그램이 정해지지 않았지만, 대형 불꽃 두 발을 쏘아 올린다는 갑작스러운 변경은 어려운 듯했다. 할아버지의 제안을 무시할 수는 없지만, 크기가 어마어마한 대형 불꽃 화약 하나를 쏘는 것만으로도 힘든 일이라고 한다.

축제에서 대형 불꽃을 터트릴 때 쓰는 약 120센티미터짜리 화약은 한때 세계 최대급이라고 불리는 것으로, 이걸 쏘는 데 드는 예산과 안전 등 여러 문제가 있다. 화약 장인은 일단 확인은 해보겠다고 했지만, 아마 어려울 거라고 했단다. 대형 불꽃은 거의 축제 1년 전쯤에 발주해둬야 하는 거라고, 오히려 할아버지를 타일렀다고 한다.

"료, 미안하구나."

"그랬구나. 할아버지, 무리한 부탁을 해서 미안해."

할아버지는 손자인 내 기대에 부응하지 못한 것이 어지간히 속상했는지, 방으로 돌아가는 키 큰 뒷모습이 어쩐지 쪼그라든 듯 작아 보였다.

"이걸 어쩐다……."

안전 문제는 원래부터 한 발은 쏘아 올릴 예정이었으니 어느 정도 해결은 되어 있을 것이다.

그렇지만 예산과 관련해서는 나 혼자 어떻게 할 수가 없다. 대형 불꽃 화약은 한 발에 250만 엔 이상이나 한다고 했다. 담임 선생님은 학교에 아르바이트 신청만 하면 고등학생의 노동도 허락된다고 했다. 불꽃 축제까지 3개월 정도밖에 안 남았다. 250만 엔이라는 거금을 준비하는 데는 턱없이 부족한 시간이었다.

그리고 대형 불꽃을 준비하는 것조차 아예 불가능하다면 돈을 아무리 줘도 대형 불꽃 두 발을 쏘아 올리는 건 현실화할 수가 없다.

저녁 식사 후, 거실 소파에서 멍하게 텔레비전을 보고 있었다.

"하아……."

큰 한숨이 새어 나왔다.

"대형 불꽃 얘기는 들었다."

아빠가 소파 뒤에서 말을 걸었다.

"응, 안 되는 것 같아."

나는 뒤를 돌아보며 대답했다.

"그래도 모순 문제는 해결된 거 아니야?"

"해결은 해결인데, 이렇게 하면 모순이 안 생길 거라는 생각은 들어도 정말 그럴지는 모르겠어."

"네가 그렇다면 그런 거겠지. 네가 예지한 거잖아? 정답을 찾아내는 것보다 네가 직접 답을 만들어내는 거야. 그게 분명 정답일 거란다."

"그래?"

"당연하지. 그래서, 대형 불꽃을 두 발 쏘고 싶다고?"

"그런데 좀 어려운가봐."

"후회하지 않도록 노력해봐."

아빠가 내 등을 떠밀어준 것 같은 기분이 들었다.

이렇게 해야겠다는 결심이 하나 늘었다.

"화약 장인을 직접 만나러 가보려고 해."

아빠는 만족스럽게 고개를 끄덕였다. 그래야 내 아들이지, 하고 말하는 것처럼.

아빠의 말에 의하면, 오토미가와 불꽃 축제에서 쓰는 모든 화약을 만드는 건 미야모리 화약이라는 회사인데 이 마을 산간에 위치하고 있다고 했다. 사전에 연락을 넣어 약속을 잡아두었다. 이치미야라는 이름을 대자 금세 만나주겠다는 허락이 떨어졌다.

4

벚꽃이 지고 마을 풍경에 녹음이 무성해질 즈음, 나는 자전거 페달을 밟아 미야모리 화약으로 갔다. 기온은 덥지도 춥지도 않고 외출하기에 알맞다. 바람을 가르며 달리는 게 기분 좋았다.

미야모리 화약까지 가는 데 자전거로 50분이나 걸린다. 속도를 늦추지 않고 경쾌하게 페달을 밟았다. 주택가를 나오자 주변 경치에서 점점 건물이 줄어들더니 밭과 논이 더 많이 보이기 시작했다.

도로 옆에 이어진 밭에는 딸기가 잔뜩 열려 있었다.

길을 더 나아가니 나무가 무성해지면서 어느새 산길로 접어들었다. 산길에 들어서도 길이 다져져 있고, 햇살도 잘 들어와서 시야는 환하게 트여 있었다. 그렇지만 경사가 점점 심해져서 자전거 페달을 밟는 속도는 자꾸만 느려졌다. 기분이 좋았던 건 처음뿐이었다. 곧 땀 범벅이 되어서 나중에는 자전거를 밀어서 겨우겨우 미야모리 화약에 도착했다.

회사를 본 첫인상은 마치 캠프장처럼 산중에 탁 트인 장소에 있다는 것이었다. 회사 문에 걸린 미야모리 화약이라는 푯말이 보였다. 문은 열려 있었지만, 인기척은 없었다. 혹시 오늘 휴무인 건가 궁금해하며 문을 지나 안으로 들어갔다.

부지 안에는 작은 오두막들이 세워져 있었는데, 그중에서 다른 곳보다 훨씬 큰 건물 하나가 눈에 띄었다. 건물에는 사무소라고 적힌 나무 간판이 붙어 있었다. 그 아래쪽에는 방문객은 이쪽으로 오라는 작은 글씨도 보였다. 간판에 적힌 대로 건물 안으로 들어갔다. 강렬한 햇살 아래에 있다가 안으로 들어가서 그런지, 건물 안이 어둡게 느껴졌다.

"실례합니다."

인기척이 없어서 큰 목소리로 사람을 불러봤다.

그러자 접수대 안쪽의 책상이 몇 개 늘어서 있는 방의 더 안쪽에서 30대 후반 정도 되는 남자가 나타났다. 호리호리한 몸매에 꼿꼿이 선 모습이 인상적이었다. 신관이 입는 예복을 입으면 제법 그림이 될 것 같았다.

"안녕하세요."

"어서 오세요, 이치미야 씨 맞죠?"

미리 전화 연락을 한 덕분에 이렇게 기다리고 있었던 걸까.

"네, 맞아요."

나는 대답했다.

그는 스즈키 카즈마라는 이름이고, 미야모리 화약의 사장이었다.

스즈키 씨는 사장실로 나를 안내했다. 그 방에는 여러 가지 크기의 화약이 진열장에 전시되어 있었다. 진열장 제일 아랫단에도 큰 화약탄이 놓여 있고, 함께 놓인 팻말에는 「90센티미터짜리」라고 적혀 있었다. 90센티미터짜리 화약도 상당히 커서, 묵직하게 진열대에 안치된 모습이었다. 아마 120센티미터짜리는 이것보다 더 클 것이다.

"그래서, 축제 때 120센티미터짜리 대형 화약탄을 두 발 쏘고 싶다고요?"

사장실 소파에 있는 탁자를 사이에 두고 앉자, 스즈키 씨가 입을 열었다.

“네, 어려우시다는 거 알고 드리는 말씀이지만…….”

내가 대답했다.

“무슨 이유가 있는 모양인데, 자세한 이야기를 들을 수 있을까요?”

예지에 대한 이야기를 해봤자 믿어주지 않을 것이다. 어쩌면 좋을까 고민하다가 결국 말문을 닫고 말았다.

“혹시, 그런 미래를 봤다던가?”

스즈키 씨가 먼저 이야기했다. 그 말에 잔뜩 굳어버린 나는 이마에 땀이 나는 것이 느껴질 정도였다.

“어떻게 그걸 아셨죠?”

잠시 침묵을 지키다가 간신히 그 질문을 쥐어 짜냈다.

“그거야 이치미야 집안의 사람이라고 하셨으니까요.”

그는 그렇게 말하며 쓴웃음을 지었다.

“그게…… 무슨 말씀이세요?”

“우리 스즈키 가문은 예전에 후타미가의 무녀를 모시던 집안이었거든요. 그래서 이치미야가의 예지 능력에 대해 들어서 알고 있습니다.”

“전…… 몰랐어요.”

예지에 대해 말해봤자 아무도 믿어주지 않을 거고, 괜한 문제에 휘말릴 수 있으니 남에게 함부로 말하지 말라고 아빠가 신신당부했었다. 그런데 남이 그 사실을 알고 있다는 사실에 어쩐지 공포마저 느껴졌다.

"걱정하지 마세요. 아무에게도 말하지 않을 테니까. 그보다, 말해도 어차피 안 믿어줄걸요? 그래서, 어떤 예지를 한거죠?"

고백받는 이야기를 하는 게 좀 부끄러웠지만, 두 예지의 모순을 해결하기 위해서는 대형 불꽃 화약이 꼭 하나 더 필요하다. 그리고 거짓말을 해서 대형 불꽃을 쏘게 하는 것보다는 훨씬 나을 것 같았다.

각오를 다지고 예지로 본 것을 스즈키 씨한테 전부 털어놓았다. 그리고 카에데에게도 예지력이 있다는 것도. 우리 둘의 예지가 모순된 상태여서, 그걸 해결하려면 꼭 두 개의 대형 불꽃이 필요하다는 것도 포함해서 모두 설명했다.

"그렇군요"

그는 턱에 손을 댄 채 몇 초간 생각에 잠겼다가 중얼거린 후, 창문 쪽으로 걸어가 밖을 바라보았다. 생각을 하는 모양이었다.

잠시 기다리고 있으니 스즈키 씨가 이쪽을 돌아보며 이렇게 말했다.

"알겠습니다. 어떻게든 해드리죠."

스즈키 씨는 소파에 다시 앉아 옛날이야기 하나를 들려주었다.

"지금부터 약 천 년 전의 일입니다. 이 지역에는 신사가 두 개 있었는데, 하나는 이치미야 가문의 이치미야 신사. 그리고 또 하나는 후타미 가문이 무녀를 맡고 있던 후타미 신사입니다. 당시부터 두 신사의 신관과 무녀에게는 예지 능력이 있었어요. 옛날에는 그 능력이 훨씬 강했지만, 대를 거듭하면서 점점 힘이 약해졌다고 하더군요. 그런 후타미 신사의 무녀를 모신 게 바로 제 조상님이었습니다. 이건 그 선조 시절부터 우리 스즈키 집안에 전해지는 이야기인데, 이치미야의 신관과 후타미의 무녀는 사랑하는 사이였습니다. 물론 그건 금단의 사랑이었죠. 왜냐하면 후타미 가문은 대대로 데릴사위를 들여서 가문의 여성에게 깃드는 예지력을 이어나갔기 때문입니다. 이치미야 가문의 남자를 데릴사위로 들이는 건 이치미야 가문에 있어서 예지 능력자를 잃게 되는 일이었고요. 반대로 후타미 가문의 여자가 이치미야 가문에 시집을 가면, 후타미 가문은 예지 능력자를 잃는 일이 되죠. 서로의 집안에 있어 결혼은 반드시 피해야 하는 일이었습니다. 그 당시 후타미 가문의 무녀는 특히 예지 능력이 뛰어나서, 사람의 과거나 머나먼 미래까지 내다볼 수 있었고 시대를 넘어 영향을 줄 정도의 수준이었다고 해요. 그 예지력을 본인은 「꿈의 물방울」이라고 불렀다고 합니다. 잠이 들면 꿈속에서 여러 장면이 담긴 물방울이 하늘에서 잔뜩 쏟아져 내려와, 올려다본 눈동자에 그게 떨어지면 그 물방울에 비친 세상이 보여서 그렇다고 합니다. 그녀는 천 년 후의 미래에 별처럼 빛나는 꽃이 하늘 가득 핀다고 말했다고 합니다. 우리 집안이 대대로 화약 장인으로 일하는 것도 그녀의 예지를 지키기 위해서이기도 하죠. 물론 그녀는 이제 이 세상에 없지만, 그 예언을 지키는 것이 스즈키 가문의 사명이 됐습니다. 하지만 결국 결국 둘의 사랑은 이룰 수 없었어요. 이치미야의 신관이 후타미의 무녀에게 이별을 고했거든요. 결국 집안을 우선시했던 거죠. 참 안타까운 일이에요."

이야기를 마친 스즈키 씨는 찻잔 속 차를 홀짝이며 말을 이었다.

"그래서, 이치미야 가문과 후타미 가문의 사랑이 맺어지길 바라는 마음이 있죠. 이쪽으로 와보세요."

스즈키 씨는 나를 어떤 장소로 안내했다. 건물 밖으로 나가 산속으로 들어갔다.

산으로 들어가 3분 정도 걷자, 작은 오두막만 한 크기의 사당이 나타났다. 그 사당은 최근에 지어졌는지 새것 같은 목재로 되어 있고 손질도 잘된 것 같다.

"이건 후타미 가문의 무녀를 모신 사당이에요."

스즈키 씨가 자물쇠를 풀고 문을 열자, 아까 사장실에서 본 것 같은 화약탄이 안쪽에 안치되어 있었다. 차이점이라곤 크기뿐이었다. 아까 본 그 어떤 화약탄보다도 훨씬 컸다.

"이게 바로 불꽃 축제에 쏘는 대형 불꽃의 화약탄입니다."

"굉장하네요. 근데 왜 이게 여기 있나요?"

"왜 여기에 있는지는 저도 모르지만, 미야모리 화약이 생긴 후부터 매년 그해에 만드는 제일 큰 화약탄을 여기에 봉헌합니다. 그리고 후타미 가문의 사람이 필요로 한다면 이걸 쓰라는 말이 전해지고 있어요. 이치미야 씨의 예지도 후타미 가문과 관련된 것 같고 말이죠."

이것 역시 누군가의 예지와 관련이 있는 것 같다는 생각이 들었다. 이치미야나 아니면 후타미의 사람이 한 예지인지, 아니면 다른 신사의 누군가가 예지한 것일지도 모른다.

"그럼 이 대형 화약탄을 쏴주시는 건가요?"

"네, 그렇게 하겠습니다."

스즈키 씨는 그렇게 답했다.

불꽃의 화약은 시간을 들여 만든다. 게다가 120센티미터나 되는 큰 화약탄을 만들려면 더더욱 그럴 수밖에 없다. 그 화약탄을 여기에 봉헌만 하고 쏘지 않는 건 화약 장인으로서 무슨 생각이 있었던 것이리라. 화약탄은 하늘로 쏘아 올리기 위해 만들어진다. 몇개월이나 공들여 만든 것이 순식간에 사라진다. 그러나 하늘에 꽃을 피우는 그 순간을 위해 애정을 쏟아 만드는 것이다.

그후부터 일은 순조롭게 진행됐다. 프로그램의 갑작스러운 변경 문제는 할아버지가 애써준 덕분에 해결됐다. 스즈키 씨가 대형 화약탄을 무료로 제공해 준 점, 그리고 대형 화약탄을 두 발 쏘는 데 도전해보고 싶다는 뜻 덕분에 다른 실행 위원들을 잘 설득한 것 같다.

7월에 들어서자 나는 불꽃 축제 준비를 돕게 됐다. 불꽃 축제 전단지에 들어갈 사진을 할아버지에게 골라달라고 했고, 자전거로 마을을 돌며 동네 곳곳의 게시판에 완성된 전단지를 붙였다. 게시판에 붙일 때마다 자전거 바구니 속에서 한 장씩 전단이 줄어드는 게 재미있었다. 화약탄도 못 만들고, 돈도 준비할 수 없고, 회의에도 참석할 수 없는 나라도 도움을 줄 수 있다는 실감이 났다.

이제 남은 건 카에데에게 불꽃 축제에 가자고 해서 당일을 맞이하는 것뿐이다.

한 가지 문제가 있다고 한다면, 카에데와 같이 불꽃 축제에 갈 정도로 사이가 좋다고 할 수 없다는 점이다. 불꽃 축제 전까지 카에데와 조금이라도 친해지고 싶었다. 갑자기 축제를 보러 가자고 하면, 예지는 두 개 모두 이루어지지 않는다. 그리고 단순히 더 가까워지고 싶다는 마음도 있었다.

하지만 평소에 카에데와는 인사만 나눌 뿐이고, 대화는 하지 않았다. 카에데는 아침에 학교에 오면 항상 내 근처 자리에 앉은 와타나베 미사라는 친구에게 가서 이야기를 한다. 그때 「안녕」이라고 서로 인사만 한다.

7월 13일. 카에데가 예지몽을 꿨을 날.

카에데가 언제 등교하나 교실 입구에만 자꾸 신경을 썼다.

그러자 마침 카에데가 교실로 들어오는 모습이 보였다. 나는 바로 시선을 피하며 친구와의 대화로 돌아갔다.

평소 같으면 카에데가 자기 자리에 가방을 두고 바로 와타나베가 있는 자리로 올 텐데, 오늘은 그럴 기색을 보이지 않았다.

궁금해서 뒤쪽을 돌아보니 카에데는 딱히 뭘 하는 것도 아니고 그저 자기 자리에 앉아 있을 뿐이었다.

역시 카에데도 예지를 해서, 그게 영향을 줘서 그러는 걸까. 카에데를 한번 떠보기로 했다. 내 옆에서 같이 대화를 나누던 친구에게는 미안했지만, 나는 자리에서 일어나 카에데의 자리로 갔다.

"무슨 일 있어?"

여기서 바로 예지 이야기를 하지는 않겠지만, 일단 물어보기로 했다.

"왜…… 그래?"

"아니, 평소엔 항상 와타나베랑 이야기하잖아? 싸우기라도 했어?"

와타나베 쪽을 보니 그녀는 스마트폰에 푹 빠져 있는 모양이다.

"아니, 그런 건 아니닌데……."

"아니면 감기라도 걸린 거야?"

카에데의 얼굴이 발그레하게 보였다. 예지 때문인지, 아니면 그냥 몸이 안 좋은 건지 확인하려고 나는 카에데의 이마에 손을 대려고 다가갔다.

—짜악.

"괜찮으니까."

카에데가 내 손을 뿌리쳤다. 그리고 차갑게 말했다.

내쳐진 손이 아픈 건 아니었다. 오히려 카에데가 아팠던 게 아닐까 걱정이 될 정도였다. 실수했다. 여자애의 몸을 아무렇지도 않게 만지려 하다니, 초등학생 때처럼 장난치고 놀던 시절과 이제는 다른데.

"그렇구나."

나는 내 자리로 돌아가 친구에게 사과한 후 다시 잡담을 시작했다.

결국 그 후, 카에데와는 한 마디도 나누지 못하고 집으로 돌아왔다.

5

"왜 넌 카에데를 좋아하게 된 거니? 예지로 미래를 봤기 때문에?"

신사 본전 청소를 돕고 있는데, 아빠가 내게 그렇게 물었다.

"갑자기 그건 왜 물어?"

솔직히 부모님에게 좋아하는 여자애 이야기는 하고 싶지 않다. 다만, 예지로 봤으니까 좋아하게 됐다는 건 부정하고 싶었다.

"의식하긴 했지만, 예지때문에 좋아하게 된 건 아니야."

"그럼 왜?"

"뭐 그런 걸 물어보는 거야……."

아빠와는 다른 장소를 청소하려고, 먼지떨이로 기둥을 청소하면서 이동하려는데 아빠가 다시 말을 꺼냈다.

"이 아빠는 말이지, 엄마의 요리에 반했거든."

"그런 얘기 안 해도 돼. 부끄럽게."

아빠는 아직도 할 말이 더 많다는 얼굴이었지만, 내가 좋아하는 애 이야기 이상으로 부모님의 연애담을 듣는 것 역시 부끄러웠다.

카에데를 좋아하게 된 계기 따위는 없었다. 강가에서 카에데를 구한 후부터, 어느새 카에데에게 시선이 가는 내 모습을 깨닫고 좋아한다는 사실을 깨달았다. 초등학생의 사랑 따위 다 그런 게 아닌가.

내일은 여름방학을 앞둔, 등교 마지막 날.

얼마 전, 내 손을 뿌리친 이후부터 카에데와 대화를 나누는 일은 없었다. 아마 서로에게 말을 걸기 어색한 분위기를 느껴서일 것이다.

그래서 아직도 카에데에게 불꽃 축제에 같이 가자는 이야기를 꺼내지도 못했다. 가자고 권했다가 거절당한다면 어쩔 수 없다. 하지만 여러 사람의 도움을 받은 이상, 아예 가자는 말을 꺼내지 못하는 건 절대로 안 된다.

등교 전 아침, 현관 입구 문턱에 앉아 신발을 신고 있는데 눈앞에 있던 문이 일그러지면서 장면이 확 바뀌더니, 새로운 풍경이 시야에 들어왔다.

오늘은 7월 19일, 아침 8시 18분.

학교에 가는 길에서, 나는 뛰고 있었다. 눈앞에는 카에데의 뒷모습이 보인다. 시야 한구석으로 트럭이 다가온다. 도로로 나아가는 카에데. 나는 카에데를 향해 손을 뻗었다.

그때, 다시 장면이 바뀌면서 장소는 다시 현관으로 돌아와 있었다.

스마트폰을 주머니에서 꺼내 잠금 화면을 봤다. 8시 12분이다. 지금 본 장소까지 뛰어가면 늦지 않을 것이다. 카에데가 트럭에 치이는 장면까지는 보지 못했는데, 아무 행동도 하지 않으면 차에 치여도 이상할 게 없다.

한여름을 맞이한 7월 중반. 땀이 온몸을 타고 흐르는 걸 느끼면서 내달렸다. 등교 중인 다른 학생들을 앞질러 뛰어갔다.

숨이 턱에 차올랐을 때, 눈앞에 카에데의 뒷모습이 보였다. 뒤에서 봐도 알 수 있을 정도로 카에데는 비틀거리며 걷고 있었다. 달리는 속도를 높였다. 카에데의 앞은 이미 도로였다. 나는 뒤에서 카에데의 팔로 손을 뻗어 잡아당겼다.

"위험하잖아!"

나도 모르게 고함을 치고 말았다. 혹시 겁먹게 한 게 아닐까. 하지만 소리치지 않을 수가 없었다.

눈앞에서 트럭이 지나갔다. 이렇게 카에데를 구한 것도 이번에 두 번째다.

"미안해."

카에데는 깜짝 놀란 얼굴로 나를 보며 그렇게 말하고 고개를 숙였다.

카에데와 같이 학교로 향했다. 학교까지 가는 길에 나는 계속 차도에 인접한 길로만 걸었다. 또 카에데가 도로로 튀어나가기라도 할까 봐 걱정이 되어서 견딜 수가 없었기 때문이다.

"있잖아."

반걸음 뒤를 걷고 있던 카에데가 입을 열었다.

"응?"

"저기…… 미안해."

"괜찮아. 아까도 사과했잖아."

"응, 하지만 오늘 일이랑, 얼마 전 그 일도……."

"얼마 전에 무슨 일이 있었나?"

"전에 교실에서 내가 네 손을 뿌리쳤잖아."

"아아, 그거? 그건 내가 잘못한 거니까 신경 쓰지 마."

"응."

"그런 것보다, 길에선 주위를 조심해. 어릴 때부터 계속 얘기했잖아?"

"나도 알아."

“정말로 아는 거 맞아? 그리고 「미안해」가 아니라 「고마워」 아닐까?”

“응…… 미안해. ……아니, 그게 아니라…… 고마워.”

곧 있으면 학교에 도착한다. 학생 지도 선생님이 교문 앞에 서 있는 게 보였다. 이렇게 일찍 선생님이 나와 눈을 부릅뜨고 있는 건 지각생들을 잡기 위해서만이 아니라, 방범도 겸해서인 것 같았다. 그런 선생님께 미안하지만, 카에데와 둘이 있는 시간을 방해받는 기분이 들었다.

축제에 가자고 할 거면 지금밖에 기회가 없다. 그녀를 구해준 것을 조금 이용해도 벌 받지는 않으리라.

“그럼 답례의 뜻으로 다음에 나랑 같이 불꽃 축제를 보러 가지 않을래?”

“어?”

“답례니까 거절하기 없기야.”

“알았어.”

카에데는 잠시 뜸을 들이다 그렇게 대답했다.

조금 억지로 밀어붙인 것 같지만 어쩔 수 없다. 속으로 기뻐서 손을 번쩍 치켜들면서 교문을 지났다.

7월 24일, 불꽃 축제가 열리기 3일 전 밤.

만날 장소와 약속 시각을 정하기 위해 카에데에게 전화를 걸었다.

"여보세요."

"여보세요……."

다섯 번의 신호음이 울린 후, 카에데가 전화를 받았다.

"있잖아, 만날 곳이랑 시간 좀 정하려고."

"응."

"카제나데 언덕 위에서 구경하려는데, 만날 장소는 언덕 앞 돌계단 앞은 어때?"

"응, 괜찮아."

"그럼 저녁 6시 반에 카제나데 언덕 계단 앞에서 보자."

"알았어……. 그럼 옷은 어떻게 할까?"

"옷은…… 유카타는 어때?"

여섯 살 때 본 예지와 최근에 본 카에데의 예지 모두 우리 둘은 유카타 차림이었다.

"그래, 유카타 괜찮겠다……. 그럼, 너도 유카타 입고 와야 해."

카에데의 목소리가 들뜬 것처럼 들리더니 곧 퉁명스럽게 변했다.

"알았어……. 그럼 저녁 6시 반에 카제나데 언덕 돌계단 앞이야. 유카타 입고."

"응……. 저녁 6시 반에 카제나데 언덕 계단 앞에서 유카타 입고."

전화 너머라도 카에데가 미소 짓는다는 걸 알 수 있었다.

7월 27일, 불꽃 축제 당일.

약속 시각까지 아직 시간이 충분히 남았지만, 이미 유카타로 갈아입은 상태였다. 고른 건 검은색 유카타. 얼굴에 대고 부채를 흔들며 거실로 가니 부모님이 있었다.

"어머나, 유카타가 참 잘 어울리는구나. 불꽃 축제 가는 거니?"

엄마가 거실로 들어온 나를 보고 말했다.

"응."

"누구랑?"

"누구면 어때서."

"여자애랑?"

"아니야."

"다녀오렴."

아빠가 도움의 손길을 내밀어 주었다.

"너무 늦게 들어오지는 말고."

엄마도 끝까지 캐묻지는 않았다.

차가운 보리차를 마신 후, 거실을 나서서 내 방으로 돌아가기 위해 계단을 올라가려고 했다. 그 순간 머리가 핑 돌았다. 순간 눈앞에 캄캄해지면서, 시야가 바뀌었다.

오늘 7월 27일. 오후 6시 35분. 오토미가와 강변. 불꽃 화약탄을 쏘는 장소다. 화약 장인들이 멍하니 서 있다. 그중에는 스즈키 씨도 있었다. 화약을 쏘아 올리기 위한 통이 바닥에 나뒹굴고 있다. 그리고 이 장소와 어울리지 않는 다섯 명의 불량배들이 웃으며 그곳을 떠나고 있었다.

다음 순간, 의식은 다시 우리 집 계단으로 돌아왔다. 아까 마신 보리차가 벌써 땀이 되어 나온 게 아닐까 싶을 정도로 몸이 땀 범벅이었다.

불꽃 축제에 관한 세 번째 예지였다. 이 예지는 불꽃조차 쏘지 못할 상황이다. 그리고 그 자리에 나는 없었다. 불꽃 축제가 중지되는 걸 막는 예지라면 좋았을 텐데. 그러나 내가 본 건 그게 아니었다.

하지만 불꽃 축제가 중지될지도 모른다는 예지와 대형 불꽃이 터지는 예지와 불꽃 축제가 중지되는 예지. 둘 중 어느 쪽이 현실이 되어도, 다른 하나의 예지를 바꾸게 된다. 어느 쪽을 선택해도,

나는 예지력을 잃는다.

단, 불꽃 축제가 중지되면 카에데도 예지력을 잃게 된다.

거실로 돌아가면 아빠가 있다. 본채로 가면 할아버지도 있을 것이다. 고민을 들어줄 사람은 바로 근처에 있다. 이런 예지가 가능한 것인가, 어떻게 하면 좋을지 상의해 볼 수 있다. 나와 카에데의 예지처럼 모순점을 해결할 수 있을지도 모른다.

나는— 현관으로 향했다. 나막신을 신고 집을 뛰쳐나왔다.

내가 향하는 곳은 본채가 아니었다. 오토미가와 강변의, 불꽃을 쏘아 올리는 장소다. 상의할 시간 따위는 없다. 모순을 해결해 보겠다는 그런 느긋한 소리를 할 때도 아니다. 자전거에 올라타, 다리에 힘껏 힘을 주었다. 아까 현관 시계를 봤을 때 시각은 오후 5시 55분. 카에데와의 만나는 시각은 오후 6시 30분. 여기서 불꽃을 쏘는 장소까지는 자전거로 20분 정도 걸린다. 왕복으로 40분. 약속 장소까지는 우리 집에서 걸어서 3분 정도다. 약속한 곳까지 바로 가면 좀 더 일찍 도착할 수 있다. 그래도 늦을지도 모른다. 그래도 지금은 온 힘을 다해 축제 장소로 가야 한다.

얼마 전에 전단지를 붙인 게시판 옆을 지나갔다. 속도를 유지하면서 생각하는 건 오직 어떤 길로 가야 빨리 도착할 수 있는가. 전단지를 붙이려 돌아다녔을 때 지났던 골목길이 지름길이었다.

그 골목길을 빠져나가니 곧 시야가 확 트였다. 저 멀리 하늘이 보인다. 오토미가와 강변은 벌써 코앞이었다. 하지만 이 앞으로는 갈 수 없다. 차량 진입을 막는 울타리와 출입 금지 간판이 설치되어 있다. 관계자 외 접근 금지 구역이었다.

불꽃 축제를 하면 출입이 금지되는 구역이 반드시 생기는데, 120센티미터라는 대형 화약탄을 쏘아 올리는 오토미가와 불꽃 축제에서는 통상적인 불꽃 축제보다 훨씬 더 크게 출입 금지 구역을 설정한다.

유카타 소매에서 스마트폰을 꺼내 시간을 확인했다. 오후 6시 10분. 그래도 애쓴 편이었다.

이제까지의 예지는 내 행동도 예지로 충분히 알 수 있었다. 그러나 이번에는 다르다. 예지한 것을 바꾼다는 건 스스로 미래를 선택한다는 뜻이다. 예지대로 행동할 수는 없다. 목표도, 그리고 그걸 위해 어떻게 행동할지도 내가 스스로 선택해야 한다. 스마트폰을 자전거 바구니에 넣고, 화약탄을 발사하는 장소에 좀 더 빨리 갈 수 있는 길목을 찾기 위해 길을 되돌아가기로 했다.

자전거를 180도 회전시켜 다시 한번 올라타려고 할 때, 앞에서 이쪽을 향해 한 무리가 걸어오고 있다는 것을 알아차렸다. 맨 앞에 있는 남자를 제외하고는 다들 나보다 나이가 어려 보였다. 다섯 명의 불량배다. 예지에서 본 게 바로 이 녀석들이라는 것을 확신했다.

나는 자전거에 올라타려는 것을 그만두고, 자전거를 밀면서 그들에게 말을 걸었다.

"여기서부터는 관계자 외 출입 금지야."

"그래서?"

맨 앞에서 걷던 덩치 큰 남자가 이쪽을 날카로운 눈으로 보면서 말했다.

"이 앞으로 가지 말라고 이야기 해주고 있잖아?"

나도 맞받아쳤다.

그러자 선두에서 걷던 남자는 천천히 이쪽으로 다가와 일부러 어깨를 부딪치며, 내 옆을 지나가 버렸다. 다른 남자들도 부딪치고 가지는 않았지만, 앞서가는 남자를 따라 나를 지나쳐갔다.

나는 자전거에서 손을 떼고 몸을 돌려 맨 앞에 가는 남자의 어깨를 꽉 잡았다. 자전거가 쾅 하고 넘어지는 소리가 났다. 아까까지 계속 들렸던 매미 소리가 일제히 사라졌다. 그러다가 다시 울기 시작했다.

"그러니까, 그쪽은 출입 금지라고. 그렇지, 타테이시, 미카미?"

내 옆을 지나치지 못한 남자 둘이 내 뒤편에 있었다. 중학교 때

축구부였던 후배들이었다. 타테이시는 나보다 키는 크지만 몸이 가늘다. 기운 넘치는 남자로, 후배 중에서 분위기메이커 같은 존재였다. 미카미는 나보다 키도, 덩치도 작다. 눈에 띄는 편은 아니었지만, 주변 사람들과 잘 지내는 성격으로 모두와 금방 친해지는 애였다. 그래서 이런 불량한 녀석들과 더 쉽게 알고 지내게 된 것일까.

난 그 둘을 모두 잘 알고 있었고, 동아리 활동 때 말고도 같이 놀러 다닌 적도 있어서 그래도 친하게 지낸 축이라고 생각한다. 그런 두 사람이 나한테 싸움을 걸 거라고는 상상할 수 없었다.

눈앞에 있던 남자가 뒤를 돌아 이쪽으로 의아한 눈빛을 보냈다.

“어른들에게 이야기 안 할 테니까 당장 다른 곳으로 가.”

뒤쪽의 두 사람에게도 들리게끔 말했다.

잠시 침묵이 흐르다가, 뒤에서 미카미의 목소리가 들렸다.

“이치미야 선배가 이렇게 말하는데, 가지 말죠.”

내 눈앞에 있던 남자한테 한 말인 모양이다.

그 남자가 위협적인 표정을 짓자 이번에는 타테이시도 입을 열었다.

“이치미야 선배와는 못 싸워요. 동아리 선배인데 신세도 많이 졌다고요.”

남자의 얼굴은 불만스러웠지만, 다섯 명 중 둘이나 내 지인이고 그 둘이 이렇게까지 말하니 무시할 수는 없었나 보다.

"갑자기 붙잡아서 미안해."

그렇게 말하며 나는 눈앞에 있던 남자의 어깨를 툭툭 두드렸다. 그 얼굴을 보고 손찌검을 할 일은 없을 것을 알았다.

"이번만 봐준다"

그 남자는 혀를 찬 후, 허세 가득한 말만 남긴 채 이번에는 내 어깨에 부딪치는 일 없이 길을 되돌아갔다. 남은 두 사람도 그의 뒤를 따랐다. 그리고 타테이시와 미카미는 나에게 머리를 숙여 보인 후, 남은 셋을 따라갔다.

이제 불꽃도 쏘아 올릴 수 있을까. 내가 여길 떠난 후, 저 녀석들이 다시 돌아와 이 울타리를 넘어가지는 않을까. 그런 생각이 들었지만, 그 불안까지 해결할 시간이 없었다.

자전거가 쓰러지면서 바닥에 내팽개쳐진 스마트폰을 주워 시간을 확인하니, 오후 6시 14분이었다. 아슬아슬했다. 스마트폰을 다시 유카타 소맷자락에 넣고 쓰러진 자전거를 다시 세워 온 길을 되돌아갔다. 첫 모퉁이에 이르렀을 때, 오른쪽으로 아까 그 다섯 명이 걷고 있는 모습이 보였다. 그대로 얌전히 돌아가주길 바라며, 왼쪽으로 꺾어 자전거의 속도를 높였다. 숨이 차올랐다. 집에는 돌아가지 않고, 곧바로 약속 장소로 간다. 그렇게 하지 않으면 카에데를 기다리게 할 테니까. 그렇게 되면 예지에 안 좋은 영향이 생길지도 모른다.

드디어 약속 장소가 보였다. 아직 카에데는 안 왔나 보다. 다행히 늦지 않았다. 속도를 줄이며 자전거에서 내렸다. 자전거는 약속한 곳에서 조금 떨어진 나무 그늘에 세워뒀다.

다시 약속 장소로 돌아가, 흐트러진 유카타의 매무새를 고치며 호흡을 가다듬었다.

이제야 마음이 진정되면서 한 번 더 심호흡을 했을 때, 카에데가 작은 보폭으로 달각달각 소리를 내며 걸어오는 게 보였다.

눈에 들어온 순간 그 모습에 반하고 말았다.

"기다렸어?"

그렇게 묻는 카에데는 남색 바탕에 빨간 금붕어가 몇 마리나 그려진 유카타를 입고 있었다. 올려 묶은 머리 덕분에 평소보다 요염하면서 어른스럽게 보였다.

"아니, 지금 왔어. 유카타, 예쁘다."

"너도 나쁘지 않은데?!"

카에데는 얼굴을 붉히며 그렇게 말했다.

"그럼, 갈까?"

카에데에게 손을 내밀었다. 카에데도 조금 망설이다가 손을 내밀어서 손을 잡았다. 카에데의 손은 생각보다 훨씬 작은, 여자아이의 손이었다.

초등학생시절 처음으로 집단 등교를 했을 때, 옆에 있던 여자애와 손을 잡고 걸었더니 상급생들에게 놀림을 받았다. 여자애의 손을 잡는 건 그 이후로 처음이다. 그때 처음으로 손을 잡았던 상대도 카에데였다.

백 개나 되는 계단을 둘이서 나란히 올라갔다. 카에데의 발밑을 보니, 나와 마찬가지로 나막신을 신어서 걸음을 조금 늦췄다. 나한테는 달각이며 울리는 우리 둘의 나막신 소리보다 내 심장 소리가 더 크게 들렸다. 아무래도 긴장한 것 같다.

나막신을 신고 돌계단을 오르는 데도 익숙해지면서 시선도 발밑에서 점점 위로 올라가다 보니, 돌계단 오른편에 있는 가로등이 은은한 빛을 내고 있다는 것을 알아차렸다. 돌로 된 가로등은 정상까지 이어져 있어서, 아주 몽환적인 분위기를 자아냈다.

"여기 정말 멋지다. 밤에는 이런 느낌이구나."

"응."

여기는 어릴 때 자주 놀러 온 장소다. 낮의 풍경을 머릿속으로 떠올려봤지만, 지금 있는 곳과 닮은 듯 닮지 않는 느낌만 들었다.

몇 분 정도 걸어 정상에 이르렀다. 정상은 확 트인 곳이어서 풀밭이 있었다. 나막신으로 밟는 땅바닥에서는 부드러운 감촉이 전해졌다. 전방에 울타리가 보였다. 예지로 나온 장소가 바로 저기다.

우리 둘의 발은 자연히 울타리 쪽으로 향했다. 울타리가 점점 가까워지자, 눈앞에는 마을의 야경이 펼쳐졌다. 평소라면 더 어두웠겠지만, 불꽃 축제 날은 노점이나 등불의 빛으로 마을 곳곳이 밝아진다. 이날만 볼 수 있는 특별한 풍경이다.

"예쁘다."

카에데가 한숨을 내쉬는 듯한 목소리로 말했다.

"혹시 노점도 가고 싶었어?"

"아니! 불꽃 축제만 봐도 괜찮아!"

그래도 카에데의 옆얼굴은 어린아이가 호기심으로 눈을 빛내는 것처럼 보였다.

스마트폰으로 시간을 확인했다. 오후 6시 58분이었다. 그리고 2분 후에 시작된다.

"곧 시작할 시간이야."

그렇게 말하고 나니 갑자기 불안해졌다. 불꽃 축제가 시작되긴 하는 걸까. 그리고 제대로 대형 불꽃이 터지긴 할까. 카에데는 나를 정말로 좋아할까. 카에데는 나에게 고백할까. 두 예지의 모순은 해결될 수 있을까. 나는 예지력을 정말로 잃게 될까. 모든 게 불안하기만 했다.

그런 불안도 펑 하는 큰 소리와 빛에 지워졌다. 하늘에는 한 발의 불꽃이 솟구쳤다. 불꽃 축제가 시작되는 신호였다. 불꽃 축제는 무사히 시작됐다. 나는 불안감과 예지력을 잃었다는 현실미 없는 감각에 사로잡혀 있었다. 그래도 펑펑 하는 소리를 내면서 하늘로 올라가는 불꽃은 정말 멋져서 지금만큼은 예지력을 잃었다는 것이 크게 신경 쓰이지 않았다.

"정말 멋지다."

나도 모르게 감탄이 터졌다. 불꽃이 이렇게 아름다운 거였던가. 이제까지 이런 불꽃은 몇 번이나 봤는데, 그 어떤 것보다도 아름답게 보였다. 어쩌면 매번 그렇게 느꼈던 걸지도 모른다.

카에데를 바라봤다. 카에데는 어떤 얼굴로 이 불꽃을 보고 있을까. 그렇게 생각했는데, 카에데도 이쪽을 보고 있었다. 눈이 마주쳤다. 불꽃에 비친 카에데의 얼굴이 요염하게 보였다. 그러나 내가 고백하는 타이밍은 지금이 아니다. 나는 다시 불꽃 쪽으로 시선을 돌렸다.

다섯 곳에서 연속으로 치솟은 불꽃이 하늘을 여러 색으로 빛냈다.

스마일 이모티콘처럼 생긴 것이나 수박을 반으로 가른 것처럼 녹색과 빨간색으로 된 불꽃. 이런 걸 「형물(型物)」이라고 부른다. 요즘은 캐릭터 모양의 불꽃도 있다고 한다.

하늘로 향하는 화약탄은 마치 우주를 목표로 날아가는 로켓 같았다. 언제 꽃이 피나 궁금해하는 동안 저 하늘 위로 쑥쑥 올라간다. 그리고 펑 소리와 함께 크게 꽃을 피운다. 높게 올라가면 올라갈수록 큰 꽃이 피어난다.

중반에는 소리가 멈추지 않을 것처럼 연속으로 많은 불꽃이 치솟았다. 스타 마인이었다. 불꽃이 확 피어나기 전에 차례로 불꽃이 쏘아져 올라간다. 하늘에서는 불꽃이 연이어 여러 색과 형태를 만들어나갔다. 숨이 멎을 정도의 박력이 있다.

그리고 약 한 시간 후. 우리 둘은 나란히 서서 불꽃 축제를 즐겼다. 이제 곧 마지막 대형 불꽃이 터지는 순간이 곧 다가온다. 마른 침을 삼켰다.

한층 큰 소리가 울리면서, 오렌지빛의 작은 빛이 하늘로 솟구쳤다. 원래라면 이게 마지막 대형 불꽃이다. 하지만 오늘은 그렇지 않다. 다른 어떤 불꽃보다도 높게 치솟은 빛이 하늘에서 만개했다.

눈앞에서 불꽃이 펼쳐진다. 그리고 몇 개의 오렌지색 빛줄기가 천천히 떨어져 내려온다.

옆에서 카에데의 목소리가 들렸다.

"좋아해."

마지막에 녹색 빛이 반짝이며 사라졌다.

* * *

나는 료에게 좋아한다고 고백했다. 료에게 고백받는다는 예지를 무시하고, 그저 좋아한다고 마음을 전했다.

이제 예지로 본 대형 불꽃은 사라지고 없었다. 카제나데 언덕에는 평소처럼 밤이라면 늘 이랬을 터인 정적만이 감돌았다.

예지는 현실로 이루어지지 않았다. 내가 좋아한다고 고백한 순간에 예지한 미래가 바뀌었는지, 아니면 훨씬 이전에 바뀌고 만 것인지. 료에게 고백받는 일은 일어나지 않았다. 대신 나는 이때만큼은 그저 솔직하게 좋아한다는 마음을 전할 수 있었다.

참 우스웠다.

드디어 솔직해졌는데도, 료에게 고백을 받는 예지가 현실이 되지 않았다는 건 료는 좋아한다고 고백할 정도로 나를 좋아하지 않는 것일지도 모른다. 그렇다면 나는 곧 차일 것이다. 손에 쥔 두루주머니를 꽉 쥔 채 당장이라도 도망치고 싶은 기분을 억눌렀다.

＊＊＊

옆에서 카에데의 목소리가 들렸다. 예지에서 본 대로의 「좋아해」라는 목소리가. 카에데에게 고백받았다. 예지는 현실이 되었다. 예지가 현실이 된 기쁨보다도 좋아한다는 말을 들은 게 순수하게 더 기뻤다.

남은 건 카에데의 예지가 현실이 되는 것뿐이다. 하늘을 올려다본다. 부탁이야. 제발 불꽃이 터지길. 작년이라면 이걸로 불꽃 축제는 끝이다. 하지만 올해는 아니다. 아직 한 발 더 남았다.

한 발의 대형 불꽃이 터지고서 잠시 시간이 흘렀다. 내 심장이 세게 요동치는 것이 느껴졌다.

그때, 저 멀리서 소리가 들렸다. 다음 대형 불꽃이 솟아 오르는 소리다.

나는 카에데 쪽으로 몸을 돌렸다. 카에데는 몸을 잔뜩 굳히고 고개를 숙인 채였다.

퍼엉 소리가 들렸다. 하늘에서 두 발째의 대형 불꽃 화약이 터지는 소리였다.

카에데는 깜짝 놀란 얼굴로 불꽃을 보았다. 나도 흘끔 불꽃 쪽으로 눈길을 주었다. 오렌지색 빛줄기 속에서 반짝거리며 빛나는 건 카에데의 예지에서 본 분홍색 불꽃이다.

다시 한번 카에데 쪽으로 시선을 돌렸다.

그리고, 말했다.

"좋아해."

카에데가 나를 보았다. 놀란 표정이다. 이게 무슨 상황인지 이해하지 못하는 모양이다.

그래서 다시 한번 말했다.

"나도 카에데, 네가 좋아. 나랑 사귀어줄래?"

카에데가 먼저 고백하게 한 만큼 내가 먼저 사귀자고 말하기로 마음먹었다.

"응."

카에데는 울먹이면서 그 한마디만 말했다.

근처에서 풀벌레 소리가 들렸다. 그건 불꽃 축제가 끝났음을 알려주기라도 하는 것만 같았다.

에필로그

한 달 후. 그 이후로 난 예지로 미래를 보지 못했다. 예지력을 잃었다는 감각이 점점 현실감을 띠고 있었다. 그래도 후회는 하지 않았고, 예지력을 잃었다고 해서 무슨 문제가 있는 것도 아니었다. 다른 사람들과 똑같아졌을 뿐이다. 앞으로의 일은 스스로 결정할 것이다. 단지 그뿐이다. 지금까지의 일상이 특별했던 것뿐이다.

여름방학도 어느덧 막바지에 이르렀을 즈음. 카에데와 함께 낮에 카제나데 언덕에 가보기로 했다.

올라가는 계단은 불꽃 축제가 열렸던 밤과는 전혀 달라서, 어린 시절을 떠올리게 하는 그리운 분위기가 감돌았다. 그리고 들리는 건 나막신 소리가 아니라 매미 소리다.

"카제나데 언덕은 낮에 와도 참 좋다."

정상에 도착하자 바람이 뺨을 쓰다듬듯 불어서 기분이 좋았다.

"그러네."

그때는 어두워서 몰랐지만, 저 한구석에 작은 꽃밭이 있고 그곳에는 분홍빛의 작은 꽃이 몇 송이나 피어 있었다.

"이런 곳에 꽃이 피어 있네."

"이 꽃은 별의 꽃이라고 부른데."

카에데는 작은 꽃을 가까이 들여다보듯 쪼그려 앉았다.

"별의 꽃?"

"정식 이름은 나도 모르지만, 엄마가 그렇게 가르쳐줬어. 여기에는 아주 예전에 신사가 있었는데 우리 조상님이 거기서 무녀였대. 지금은 아니지만. 그때부터 이 꽃이 여기에 피어 있었대."

나는 스즈키 씨의 이야기를 머릿속으로 떠올렸다.

"예쁘다."

"아, 혹시 기억나? 초등학생 때 내가 강에 빠질 뻔한 걸 네가 구해준 거."

"물론 기억나지."

"그때 강에서 네가 주워줬던 병 안에 꽃이 들어 있었잖아? 그 병에 들어있던 게 여기 핀 것과 똑같은 별의 꽃이었어. 어디서 많이 본 꽃이길래 궁금해서 주우려고 했었거든. 그래서 강에 빠질 뻔했던 거고……."

"그랬구나."

나도 카에데 옆에 쪼그려 앉았다. 가까이에서 보니 별의 꽃은 다섯 장의 꽃잎을 활짝 펼친 모습이었다.

"응. 그때 네가 주워준 꽃에는 뿌리가 붙어 있었어. 그리고 태풍이 지나간 후에 이 언덕에 심었지. 그래서 그때 심은 꽃의 자손들이 아직 여기에 피어 있는 걸지도 몰라."

태풍이 불던 날, 강물 속에서 빙빙 맴돌던 병 속에 피어있던 분홍빛 작은 꽃이 떠오른다. 정말 그때 그 꽃이 맞았다.

"그런데 왜 별의 꽃이라고 부르는 걸까? 엄마도, 할머니도 그건 모르던데. 이 꽃이 연분홍빛으로 살짝 빛나는 것처럼 보이기도 하는데, 그래서 별의 꽃이라고 하는 걸까?"

조금 고민하다가 나는 입을 열었다.

"그건 말이지—."

천 년 전부터 여기에 피어 있었던 걸까. 별의 꽃이 바람에 흔들리는 모습은 작은 불꽃처럼 보였다.

제 3 장

아마도

시나노
「아마도」

소란스러운 소리에 눈이 떠졌다.

부모님에게도 열쇠를 주지 않았기 때문에 나 혼자 사는 집에 이렇게 쉽게 들어올 수 있는 사람은 분명 얼마 전까지 동거인이었던 사람뿐이다.

“그러고 보니 그 녀석이 여벌 열쇠를 그냥 가지고 갔었지?”
이제와서 그 사실을 알아차렸다.

그 녀석이 갑자기 집을 나간 후 몇 주 동안 더는 내 곁에 없다는 사실을 받아들이는 것만으로도 힘들어서, 그 녀석이 뭘 두고 가고 뭘 가지고 갔는지까지는 신경을 쓸 겨를이 없었다.

오래간만이야. 어서 와. 잘 지냈어?

어느 말을 건네야 좋을지 모른 채, 이미 의식은 완전히 각성한 상태인데도 여전히 눈을 감고서 움직이지 않고 있었다.
눈을 감고 무슨 말을 할까 생각하고 있었는데, 어느새 귀에 의식이 모두 쏠렸다.

지금 들린 건 아마도 그 녀석이 내는 소리. 그럴 텐데. 분명 그게 맞을 텐데. 하지만 도둑이나 강도가 들어왔을 가능성이 없지는 않다.

아마도, 그 녀석이다. 그렇게 생각했지만 어쩐지 위화감이 들었다. 정말로 이 집에 있는 건 그 녀석일까?

쾅, 쿵, 턱, 콱. 들리는 소리가 다소 거칠다.

쿠구궁, 콰과곽, 두두두, 끼기긱. 둔탁하면서도 잡다한 소리.

귀에 익은 그 녀석의 소리와는 전혀 다르다. 그 녀석의 소리는 좀 더 부드럽고 조심스럽다. 맑은 소리만으로 사는 사람이다.

쿵이 아니라 콩. 쿠구궁이 아니라 타다닷.

가볍고 편안하고 온화한, 그런 소리.

이런 귀에 거슬리고 시끄러운 소리가 아니라 언제나 듣기 좋은 소리를 들려주었다.

역시 아니다. 절대로 아니다. 여기 있는 건 그 녀석이 아니다. 눈을 떠도 그 녀석이 아닐 거다.

지금 이 집에 있는 건 아마도 관리인에게 말해서 문을 열어달라고 부탁한 어머니. 아니면, 불법 침입을 감행한 낯선 누군가다.

그렇다면 이대로 자는 척을 하자. 어머니라면 곧 억지로라도 날 깨울 것이고, 범죄자라면 직접 맞서서 싸우긴 너무 무섭다. 흉기라도 갖고 있다면 절대로 못 이긴다. 그냥 평범한 도둑이라면 훔칠 물건이나 훔치고 이 집에 사는 사람에게 굳이 해를 끼치지 않고 조용히 나갈 것이다. 괜히 자극하는 것보다 자는 척으로 슬쩍 넘어가는 게 신상에 좋다.

아아, 하지만 중요한 물건을 훔쳐가면 어쩌지. 잃어버리면 곤란한, 소중한 것.

통장은 바로 은행에 연락하면 어떻게든 되겠지.

내가 좋아하는 옷은 하도 입어서 낡아버렸으니 도둑도 굳이 눈독을 들여서 가지고 갈 일은 없을 터이다. 별로 비싼 옷도 아니니까.

스마트폰은 안 되는데. 안 훔쳐가면 좋겠다. 거기에는 이런저런 데이터가 가득 차있다. 빼앗기기라도 하면 큰일이 생길 것 같다.

이제 남은 건 또 뭐가 있지? 소중한 물건이…….

절대로 도둑맞고 싶지 않은 소중한 것.

……곧바로 머릿속에 떠오르는 건 그 정도뿐이어서, 그게 마치 나라는 인간이 얼마나 따분한 존재인지 깨닫게 해주는 듯 입안이

까끌까끌해지는 것 같았다. 꽤 씁쓸하다.

솔직히 말하자면 다른 것도 생각이 났지만, 그것까지 인정하고 싶지는 않아서 온 힘을 다해 머릿속에서 지워버렸다.

그때, 소리가 멈췄다.

5초를 기다려도, 10초를 기다려도 아무런 소리도 나지 않는다.

이 집에 있던 누군가는 이제 어딘가로 가버린 걸까. 소리가 나지 않게 된 지 대략 30초 정도는 지났다. 어쩌면 1분 정도 지났을지도 모르지만, 체감상으로는 아주 긴 시간이 지난 기분이었다.

그 누군가가 이제 이곳에 없다면, 혹시 도둑이었을 경우에는 빨리 경찰에 신고를 해야 하는데.

눈을 떠도 괜찮을까? 그래도 이제는 괜찮겠지?

무섭지만 계속 이러고 있을 수는 없잖아. 하나, 둘.

“꺄아악!”

“뭐가 꺄아악이야? 괴물이라도 본 것처럼 비명이나 지르고 있네.”

눈을 뜬 순간, 한 사람과 눈이 마주쳤다. 침대 옆에 서서 이쪽을 내려다보는 건, 나의 예전 동거인. 그럴 거라고 생각하다가 역시 아니라며 부정했던 사람이 마치 예전처럼 일상에 녹아들듯 그곳에 있었다.

그 녀석이 온 거라면 「오래간만이야」, 「어서 와」, 「잘 지냈어?」 중 무엇을 말할까 고민까지 했는데, 결국 내 입에서 튀어나온 건 「꺄아악」이라는 비명.

그다음으로 나온 말도 머릿속으로 그렸던 세 개 중 그 무엇도 아니었다.

"아니, 왜……."

그 이상의 말은 나오지도 않고, 그렇다고 몸을 일으키지도 못한 채 멍하게 예전 동거인의 얼굴을 계속 올려다보기만 했다.

"아니, 그냥 「떠나는 새는 뒤를 어지르지 않는다」라는 말이 생각나서. 살던 그대로 다 두고 나왔다 싶더라고. 열쇠도 그냥 가지고 간 바람에 이것도 돌려줄 겸, 이것저것 청소는 하고 가야지."

적어도 「어서 와」는 말하지 않길 잘한 것 같다.

돌아온 게 아니었다. 그저 찾아왔을 뿐. 돌아올 마음은 조금도 없었다.

"하필 왜 잘 때 오고 그래? 무섭게."

"아하하, 미안해. 얼굴을 안 보는 게 더 좋을 것 같아서. 그렇다고 해서 없을 때 내 마음대로 왔다가 가버리는 것도 도리가 아닌 것 같고, 그래서 잘 때 온 거야."

"안 자는 시간에 연락해서 집에 오면 될 텐데."

"……그러기는 힘들잖아?"

아까까지만 해도 실실 웃고 있던 얼굴에서 웃음기가 싹 사라졌다.

왜 이런 일이 생기게 된 거지? 만약 지금 소리를 내어 물어본다면 분명 이 집을 나가는 날 남긴 메모 내용을 말할 것이다.

「아마도, 다 내 잘못이야」라고. 아마도.

……아마도, 나쁘다는 건 우리 두 사람 모두의 문제겠지.

아마도 나에게도 원인이 있다. 우리가 함께할 수 없었던 이유.

우리의 관계를 끝내는 명확한 원인다운 원인은 없는데도, 함께 있을 수 없게 된 우리.

아마도, 원인이 확실하지 않으니까. 한 가지가 아니니까, 해결도 개선도 무의미했다.

'네가 싫어진 건 아니지만, 그냥 좀 힘들어.'

……아마도 다 내 잘못이야, 라는 말 다음에 적힌 문구.

그걸 보고 묘하게 납득하고 말았다. 같은 감각이 나한테도 있었으니까.

"어서 와."

몸을 일으키다가 나도 모르게 나온 그 말. 머릿속에 떠올렸던 세 가지 중에 제일 적절하지 않은 말. 한 번은 차라리 하지 않길 잘한 말이라고 생각했는데. 하지만 이 말에 깊은 의미 따위는 없다. 무의식적으로 흘러나왔을 뿐이다.

어서 와. 당연한 듯 몇 번이나 했던 말이었으니까.

"돌아온 거 아니야."

다소 부드럽지만 씁쓸한 웃음이 돌아온 표정으로 난처한 듯 말한다.

"나도 알아."

"그래."

대화가 끊기며 잠시 묵묵히 서로의 얼굴만 바라봤다. 시선을 돌리다가 마침내 아까 그 시끄러운 소리의 의미를 이해했다.

집 안이, 집 안의 상태가 크게 달라졌다.

"이게 어떻게 된 일이야?"

"아, 이제 알았어? 인테리어를 좀 바꿔봤어."

"대체 이게 뭐냐고."

돌아올 마음도, 앞으로 이곳 생활과 관계도 없을 터인 사람이 뭐하러 인테리어까지 바꿀 필요가 있을까.

"떠나는 새는 뒤를 어지르지 않는다고는 했지만, 내 물건을 정리하고 나서 보니까 우리 둘이 살던 분위기가 그대로 남아 있는 것처럼 보이지 뭐야. 가능한 흔적을 지우는 게 좋을 것 같더라. 그래서 가구 위치도 바꿔서 방 분위기를 다르게 해봤어. 물론 앞으로 네가 원하는 집으로 꾸미면 될 일이지만, 그래도 좀……."

그 말대로 정말 집 안 분위기가 다르다. 새로운 얼굴을 한 실내는 이제 더는 우리 둘이 살던 공간이 아니게 됐다.

사라지면 곤란한 게 무엇일까 생각하다가 나도 모르게 머릿속에 떠올린 「동거인의 흔적」. 이곳에 나타난 건 도둑은 아니었지만, 깜짝 놀랄 정도로 이 집을 싹 쓸어 버렸다. 진짜 도둑이었다면 이렇게나 깔끔하게 다 털어가진 못했을 것이다. 참 아이러니한 일이다.

"무슨 큰 소리가 나던데, 바닥을 긁지는 않았어? 괜찮아?"

"괜찮은 것 같은데?"

"네 이미지와는 다르게 아주 시끄러운 소리를 내며 작업하던데? 난 도둑이라도 든 줄 알고 놀랐어."

"아하하, 미안하대도. 연락도 안 하고 찾아와서 내 마음대로 인테리어까지 바꾸면서 말 한마디 안 하고 떠날 생각을 하니까, 소리로 깨우려고 일부러 소란스럽게 했어. ……일어나라고 흔들어 깨우는 것도 좀 아닌 것 같아서."

"그랬구나."

또다시 침묵. 다 끊어낸 건 저쪽이다.

"그럼, 자. 이거."

갑자기 내 쪽으로 여벌 열쇠가 날아왔다. 제대로 받아내지 못하고 바닥에 떨어트리고 말았다.

침대에서 내려와 그걸 주우려는 내 등에 연이어 말이 내려앉았다.

“이것저것 물건을 움직여놔서 먼지도 많이 났으니까 청소도 해야 할 거야. 남은 건 맡길게. ……실례했어. 잘 지내.”

얼굴을 들었을 때 이미 눈에 들어오는 건 예전 동거인의 뒷모습뿐. 나의 예전 동거인은 돌아보지도, 멈춰 서지도 않고 그대로 떠나가 버리고 말았다.

콜록.

먼지 때문인지 아니면 다른 뭔가 때문인지 기침이 나왔다. 환기하기 위해 커튼을 걷고, 창문을 열었다. 아침 햇살이 들어오자 먼지는 마치 아름다운 존재라도 되듯 빛을 받아 반짝거리는 것처럼 보였다.

“겨우 먼지인데.”

혼잣말을 중얼거리며 기지개를 켰다. 옷을 갈아입고 청소부터 해야지.

흔적 지우기에 마무리를 짓는 건 내 역할인 것 같으니까.

제 4 장

미발표곡

(원서 발매 당시 발표되지 않는 곡으로, 2021년 1월 앙코르라는 타이틀로 발표되었다.)

미나카미 카나미
「세계의 끝과 작별의 노래」

1

단단한 마루의 감촉 때문에 눈이 떠졌다. 나는 어스름 속에서 모래가 드러난 땅바닥에 누워 있는 모양이다. 저녁 무렵인 줄 알았지만, 나는 이 세계에 이제 더는 밤이 오지 않는다는 사실을 떠올렸다.

몸을 일으켜 주변을 둘러봤다. 이곳은 작은 폐공장 같은 장소다. 몇 개 있는 창문은 모두 커튼이 쳐져 있어서, 커튼 틈새로 흘러들어온 빛이 공기 중의 먼지를 반사하여 작게 반짝거렸다.

그 어둠 저편에 무수한 윤곽이 보였다.

가만히 그곳을 응시하니 난잡하게 놓인 악기들이 보였다.

몇 개나 되는 기타와 베이스, 드럼 세트도 있는가 하면, 트럼펫과 트롬본 같은 취주악기도 있다. 그 모든 게 하나같이 아무렇게나 바닥에 이리저리 내던져져 있다.

그리고 그 중심부에는 다른 악기들의 보호를 받는 것처럼 큰 그랜드피아노가 놓여 있었다.

"여기는……."

나도 모르게 목소리가 흘러나왔다.

"악기의 무덤이야."

어둠에서 갑자기 대답이 되돌아오는 바람에 심장이 멎을 정도로 깜짝 놀랐다. 누군가가 있는 줄은 전혀 몰랐기 때문이다.

나는 방 한구석, 그 목소리가 들린 방향으로 몸을 돌렸다.

잡다한 악기의 산에 파묻혀 있는 것처럼.

그곳에는 마치 자신도 버려진 악기의 일부처럼 바닥에 앉아, 나를 가만히 바라보는 젊은 남자가 있었다.

2

이 세계에 「종말 선언」이 발표된 지 곧 1년이 된다.

자세한 이유는 모르지만, 이 세계는 내일 멸망한다고 한다. 그게 어떤 형태로 이루어질지 나 같은 일반인은 알 수도 없었고, 딱히 알고 싶지도 않았다.

물론 어느 날 갑자기 「세상이 멸망합니다!」라는 말이 나돌았지만, 처음에는 아무도 그걸 믿지 않았다. 다들 바보 같은 미래 예보라며 웃어넘겼다.

그렇지만 실제로 세계 곳곳에서 이상 현상이 연이어 일어나면서 정부도, 뉴스도, 신문도 종말 선언을 철회하려 하지 않았다.

그래서 이제 정말로 세상이 멸망한다고, 지금은 세계 모든 사람들이 그렇게 믿고 있다.

몇개월 전까지만 해도 일본에서도 테러와 폭동이 빈번히 발생했지만, 이제는 그마저도 진정된 상태다. 아마 그런 짓을 해봤자 아무런 의미가 없다는 것을 알아차린 모양이다.

다른 사람과의 연결 고리를 찾아 도시로 간 사람이나 시골로 되돌아온 사람도 있는가 하면, 절망해서 스스로 목숨을 끊는 사람이나 폭동에 휘말려 죽은 사람도 수없이 많았다.

지금 이 도시에는 사람이 거의 남아있지 않아서 결과적으로 어느 정도의 평화는 유지되고 있었다.

그 여자를 구한 건 그저 변덕일 뿐이었다.

평소처럼 아무도 없는 도시를 헤매고 있었는데, 큰길에 쓰러져 있는 한 여자를 발견했다.

처음에는 마네킹이 버려져 있는 줄 알았다. 벌써 며칠이나 살아있는 사람을 만난 적이 없었기 때문이다.

이전 같았으면 분명 무시했을 것이다. 그렇지만 오늘 그런 기분이 들지 않았던 건 어쩌면 마지막 날에 뭔가 좋은 일이라도 하고 싶어서 그랬던 걸지도 모른다.

"저어……."

여자가 일어나 악기를 치우면서 내 쪽으로 다가온다. 그녀의 움직임에 맞춰 꿉꿉한 창고의 공기가 흔들린다.

"저어, 오늘이 며칠인가요?"

"이 세상이 멸망하는 마지막 날 아침."

내가 그렇게 답하자 그녀는 가슴에 손을 댄 채 크게 숨을 내쉬었다.

"그렇군요. 그럼 여긴 천국은 아니겠네요."

"죽고 싶었어? 그럼 괜한 짓을 했네."

"아니요, 그런 건 아니고—."

그때, 꼬르륵 하는 작은 소리가 났다. 그녀의 배에서 나는 소리였다. 쓰러진 이유가 혹시 배가 고파서 움직이지 못해서였을까.

그녀는 부끄러운듯 배를 움켜쥐고 뺨을 붉혔다.

"구해주셔서 감사합니다."

그녀가 깊게 고개를 숙였다.

참 야무진 아가씨라는 생각이 들었다. 분명 가정 교육을 잘 받았을 것이다.

그런 사람이 왜 혼자 이런 곳을 헤매고 있었는지 궁금해졌다. 그렇지만 금방 그런 생각을 머릿속에서 지워버렸다.

부모님이 돌아가셨는지, 아니면 버림받았는지. 혹은 그녀가 죽을 곳을 찾아 이리저리 헤맸는지.

어쨌든 간에 들어서 즐거운 이야기는 없으리라. 내일 모든 게 끝나버리는 이런 세상에서 무슨 일이 있어도 이상할 게 없다.

"배가 고픈 모양이네."

"아, 네……. 이틀 내내 아무것도 못 먹었거든요……."

"먹을 것이라면 저쪽 선반에 있어."

"먹어도 돼요?"

"남겨도 아무 의미 없으니까. 어디로 가려고 했는지는 모르겠지만, 원하는 만큼 가져가도 돼."

그렇지만, 그녀는 무슨 생각에 잠긴 듯 움직이지 않았다.

"저어, 당신은—."

"응?"

"당신은 여기서 뭘 하고 있었나요?"

"……그런 걸 물어서 뭘 어쩌려고?"

"여기에 악기가 있는 게 궁금해서요."

그녀는 그 자리에서 빙그르르 회전하며 두 팔을 크게 벌렸다.

나는 작게 한숨을 쉬며 고개를 가로저었다.

"그런 건 알 필요 없어. 새삼스레 내 신세를 털어놔봤자 무슨 소용이 있겠어? 나는 그저 내 마음 가는 대로 행동할 뿐이야."

그녀는 내 말에 어떤 반응을 보이지도 않고 나를 가만히 바라만 봤다. 내 마음속까지 들여다보는 것 같은 묘한 어색함이 느껴졌다.

얼른 내쫓아버릴까. 그런 생각이 들었을 때, 그녀가 입을 열었다.

"좀 더 여기에 있어도 될까요?"

"왜?"

"그냥 그러고 싶어서요."

"……넌 겁도 없어? 아니면 그런 생각도 못 할 정도로 세상 물정을 모르나? 내가 널 덮치기라도 하면 어쩌려 그래?"

"그렇다면 절 구하지 않았겠죠. 그리고 아까 당신도 말했잖아요? 저도 제 마음 가는 대로 행동하고 싶어서 그래요."

나를 조금도 의심하지 않는 눈빛이었다. 그걸 보면 부정할 마음도 사라질 것만 같은 순진무구한 눈동자.

결국 나는 쥐어짜듯 말했다.

"그럼…… 마음대로 해."

"감사합니다."

"……난 좀 나갔다 올게."

"네, 조심히 다녀오세요."

나는 그녀의 말에서 도망치기라도 하는 것처럼 창고를 나갔다.

저곳에 그녀가 있는 것만으로 왜 이렇게 마음이 불편한 건지 모르겠다. 그런데도 왜 나는 그녀를 억지로 내쫓지 않았던 걸까.

차를 몰면서, 나는 그런 생각을 했다.

3

자동차 소리가 멀어지자 창고는 적막으로 가득 찼다. 묵직하게 고인 공기에 시간이 멈춘 기분마저 들었다.

내가 간신히 몸을 움직이자, 거기에 맞춰서 흙먼지가 피어올라 세상이 아직 끝나지 않은 것을 알려주었다.

창고 구석에 있는 선반에는 그의 말대로 음식이 놓여 있었다. 혼자 다 먹을 수 없을 정도의 양이었다. 그가 다 모은 것일까.

나는 그중에서 곧바로 먹을 수 있을 것으로 보이는 레토르트 토마토 수프를 골라 꺼냈다.

"하느님 아버지, 오늘도 일용할 양식을 주셔서 감사합니다—."

차갑게 먹는 수프는 빈말이라도 맛있다고 할 수준은 아니었다.

그렇지만 한 모금 삼킬 때마다 몸에 활력이 넘치는 것만 같았다. 사람은 모두 하루하루를 식량을 통해 살아가고 있다.

나는 천천히 시간을 들여 수프를 다 마셨다.

그는 정리를 마치고도 아직도 돌아올 기미가 보이지 않았다. 벽에 걸린 시계를 보니, 지금은 오전 10시경인 것 같았다. 해가 지지 않아서 시간 감각마저 애매해지고 말았다. 만약 저 시계가 망가져 있어도 그걸 확인할 방법은 없다.

잠시 생각하다가 창고의 커튼을 걷고 창문을 열었다.

그에게 혼나지 않을까 하는 생각이 들긴 했지만, 먼지만 가득해서 답답해진 공간에 놓여있는 악기가 불쌍했기 때문이었다.

그리고 아까 나는 내 마음대로 하겠다고 말했으니까. 지금을 놓치면 더는 후회하는 것조차 할 수 없을 테니까.

창밖에서 바람에 잎이 스치는 소리가 희미하게 들렸다. 산들바람이 불어 창가의 커튼을 흔든다. 곧 12월인데도 봄날처럼 평온하고 기분 좋은 날이었다.

나는 악기 하나하나를 확인하는 것처럼 창고 안을 천천히 둘러보았다.

놓여진 악기들은 고급스러운 전문가용부터 애니메이션 캐릭터가 디자인된 어린이용 장난감까지 다양했다. 이곳은 전에 악기점의 창고였던 걸까. 그런 것치고는 비위생적이어서 악기 보관에는 적절하지 않은 환경이었다.

창고 중앙에는 이 공간을 상징하는 것처럼 그랜드피아노가 있었고, 바로 옆에는 빈티지 어쿠스틱 기타가 세워져 있었다. 기타 현을 퉁기자 아름다운 소리가 부드럽게 울렸다.

나는 그랜드피아노 앞에 앉아 뚜껑을 열었다. 그립다는 생각이 들었다.
그리고 조금 웃음이 나오려 했다. 이제 두 번 다시 칠 일은 없을 줄 알았는데, 세상이 끝나는 마지막 날에 이렇게 또 피아노 앞에 있다니. 어떻게 이런 운명적인 일이 다 있을까.

건반에 손을 얹고 심호흡을 했다. 어릴 때부터 계속 연주한 피아노였지만, 한동안 제대로 만져본 적도 없었다.

지금도 칠 수 있을까. 머리를 저어 마음 한구석에 떠오른 생각을 쫓아냈다. 아마 괜찮을 것이다. 내 몸은 지금도 음악을 기억하고 있다.

결심과 함께 손가락에 힘을 주니 상상했던 것보다 훨씬 낮은 음이 주변을 울렸다.

4

도로의 단차를 넘는 순간, 뒷좌석 쪽에서 덜커덩 소리가 들려오는 바람에 뒤를 돌아보았다. 이 근방에 깔린 아스팔트도 이리저리 갈라짐이 심해지기 시작했다. 관리할 사람이 없어지니 온갖 것들이 엄청난 속도로 노후화되어 간다.

차량의 뒷좌석에는 악기가 잡다하게 쌓여 있었다. 전부 주변 민가나 점포에서 발견한 것들이다.

그 창고에 악기를 모은 지 벌써 3개월 정도 된다. 이 마을에 있던 악기는 이제 어느 정도 다 회수한 것 같다. 오늘은 별로 수확이 없었다.

남의 영역을 제멋대로 휘젓고 다니다 악기를 가지고 가버린다. 세상이 이렇게 되기 직전이었다면 분명 체포되고도 남을 행위였겠지만, 이제 나를 책망하는 사람은 아무도 없다. 법률에 의해 관리되지 않으면 물질과 마찬가지로 정신마저도 깜짝 놀랄 만큼의 속도로 삭아버리는 게 아닐까 하는 생각이 들었다.

AM 라디오에서는 지직거리는 노이즈가 섞인 클래식 음악이 흘러나오고 있다. 민간 라디오 방송국은 이미 운영되지 않은 지 오래인데, 몇 주 전부터 어째서인지 라디오가 나오기 시작했다.

아마 누군가가 라디오 방송국에 들어가 사적으로 방송을 내보내는 모양이다.

지금 나오는 곡은 드보르작의 「신세계로부터」다. 클래식을 잘 알지 못하는 나라도 들어본 적이 있을 정도로 유명한 음악이다. 참으로 종말의 날에 어울리는 선곡이 아닐 수 없었다.

『당신은 여기서 뭘 하고 있었나요?』

오늘 하루 줄곧 생각했던 건 그 여자의 말이었다.

나는 대체 이곳에서 뭘 하고 있었던가. 아무리 생각해도 그 답은 찾을 수 없었다.

나는 그 창고에서 살기 시작했던 날을 멍하니 기억해냈다.
혼자 남겨져 죽을 장소를 찾아다녔다. 이리저리 헤매는 사이에 발견한 그 창고에 홀로 덩그러니 놓여있는 그랜드피아노를 발견했을 때, 나는 악기를 모으기로 마음먹었다.

이 행위가 어떤 의미를 갖는지는 알 수 없지만, 마지막 순간만큼은 어떻게 할지 정해두었다.

계속 해가 떨어지지 않는 탓에 잊을 뻔했지만 지금은 이미 저녁이었다.
몇 시에 세상이 끝날지는 모르겠으나 이제 시간이 얼마 남지 않았을 것이다.

오랫동안 비가 내리지 않아서 메마른 땅은 바람이 조금 불기만 해도 흙먼지가 날렸다.
이 도시에는 이제 나 말고 아무도 없다. 세상이 끝나기 전 한 걸음 앞서 이 장소는 이미 죽음을 맞이했다.

이 세상의 마지막 날. 나는 그 창고에 모아둔 악기들과 함께 나까지 전부 다 불태울 생각이었다. 그래서 나는 계속 악기를 모으고 있었다.

클래식을 내보내고 있던 라디오에서 갑자기 사람의 목소리가 들렸다.

—제가 마음대로 내보내고 있던 방송도 오늘로 끝입니다. 짧은 시간이었지만 마지막까지 함께해주셔서 감사합니다. 또 언젠가 당신과 만나길 기원합니다. 그럼, 안녕히 계세요.

초로의 남자 목소리 뒤편에서 흐르는 건 헨델의 할렐루야 합창이었다.

참 아이러니하다는 생각이 들었다.

이 세상에 신 따위는 존재하지 않는다. 내일이 되면 싫어도 그걸 알게 될 텐데, 그래도 기도를 멈추지 않는 건 대체 왜일까.

정신을 차리고 보니 창고는 벌써 바로 코앞이었다. 나는 창고 입구에 옆으로 차를 세웠다. 엔진을 끄자 할렐루야 합창은 일말의 여운도 남기지 않고 무자비하게 사라졌다.

그 여자는 어디로 가버린 걸까. 가능하면 이곳을 떠났길 바란다. 그런 생각을 하면서 차에서 내렸는데, 어딘가에서 희미한 피아노 소리가 들렸다.

나는 깜짝 놀라 창고 안으로 뛰어 들어갔다.

5

갑자기 창고 문이 벌컥 열리는 금속음이 들려서 나는 깜짝 놀라 뒤를 돌아봤다.

어느새 창고 입구에는 그가 나타나 크게 숨을 헐떡이며 나를 바라보고 있었다.

"오셨어요?"

"아, 그래……."

"죄송해요. 잠깐 피아노 좀 쳐봤어요."

"그건 괜찮아."

혼날 줄 알았지만, 그는 그저 눈을 휘둥그렇게 뜬 채 멍하게 있을 뿐이었다.

"저기요?"

"……소리가 이상했을 텐데? 혹시 조율했어?"

그랬구나. 그가 그것 때문에 놀랐다는 것을 알아차렸다.

나는 조금 자랑스럽게 가슴을 폈다.

"전 이래 봬도 음대생이거든요. 이제는 대학 같은 건 존재하지도 않지만요."

"……아아."

"하지만 조율은 처음이어서 세부적으로 음이 뒤틀린 부분이 있을지도 모르겠네요."

"그래도 나는 조율 자체도 하지 못했는걸."

건반 소리를 확인하면서 그가 말했다.

"세상이 이렇게 된 후부터 피아노는 치지도 않았는데, 또 이렇게 연주할 날이 올 줄은 몰랐어요."

"그게 그렇게 감사할 일인가? 이제 와서 피아노를 쳐봤자 무슨 의미가 있겠어?"

"피아노를 치는 것에는 아무런 의미도 없어요. 저는 그저 제가 치고 싶어서 치는 것뿐인걸요."

그는 내 말에 비아냥거리기라도 하듯 입가를 일그러트리더니 코웃음을 치며 가볍게 웃었다.

나는 문득 그가 이 창고에 사는 이유가 뭔지 알 것만 같았다. 말로는 부정하지만 역시 그는 음악을 좋아하는 게 분명했다.

피아노 소리가 이상하다는 걸 안다는 건 그가 음악을 하던 사람이었다는 뜻이다.

"저어, 괜찮으면 당신도 쳐보지 않을래요?"

"난 피아노 못 쳐. 원하는 만큼 치도록 해."

그 말만 남긴 채 그는 창고 구석에 가서 주저앉았다. 그곳이 그의 지정석인 모양이다.

나는 마음이 가는 대로 건반 위에서 손가락을 움직였다. 연이은 음이 곡조가 되어 공간에 넘친다. 그는 눈을 감고 피아노 음색에 귀를 기울이는 듯했다.

"굉장히 좋아하는 모양이네."

한 곡이 끝났을 즈음, 갑자기 그가 말했다.

"네?"

"피아노 말이야. 즐겁게 치는 것 같아서."

그 말을 듣고 나는 내 마음을 깨달았다.

"……그러네요. 피아노는 제 모든 것이니까요."

"모든 것?"

"우리 엄마는 예전에 피아니스트셨어요. 아버지는 인기 없는 작곡가였고요."

그건 아직 세상이 평화로웠을 때의 기억. 그립고도 두 번 다시 돌아갈 수 없는 나날.

"어릴 때부터 피아노 연습만 했어요. 부모님은 저를 쇼팽 콩쿠르에서 우승하게 만들기 위해 의욕이 대단하셨죠. 그런 일은 불가능할 텐데도 이룰 수 없는 꿈을 저한테 강요하셨어요. 참 바보 같죠? 그래서 저한테는 피아노밖에 없어요."

"……그게 많이 힘들었어?"

"피아노 따위, 보는 것도 싫을 때가 있었어요. 대학이 없어지고, 테러 때문에 집도 사라져서 혼자가 됐을 때 이제 피아노를 안 치고 살아도 되겠구나 하는 생각이 들었어요. 그런데도 이렇게 또 피아노 앞에 앉아 있다니, 참 신기하네요."

결국 나는 피아노에서 벗어나지 못했다. 그건 역시 음악을 좋아하기 때문이리라.

"죄송해요. 새삼스럽게 이런 신세 한탄이나 하다니. 잊어주세요."

"아니야……."

내 가벼운 어조에 그는 난처한 듯 미간을 좁혔다. 아침에 했던 말을 다시 떠올린 모양이다. 오늘 아침보다 그의 표정이 더 부드러워진 것 같았다. 음악이 굳어있던 공기를 풀어줘서 그런가 보다.

나는 건반에서 손을 떼고 그가 있는 쪽으로 앉은 방향을 바꾸었다.

"그래도 같이 쳐보지 않을래요? 그러면 분명 음악을 하는 의미도 알 수 있을 테니까."

"그러니까 난 피아노는—."

"아니, 피아노가 아니라 이거요."

나는 피아노 바로 옆에 세워진 기타를 가리켰다.

그는 깜짝 놀란 표정으로 나를 쳐다보았다. 처음으로 진정한 그의 모습을 접한 느낌이 들었다.

6

그녀는 미소를 지으며 기타와 나를 교대로 바라보고 있다.

"……그건 왜."

"기타리스트, 맞죠? 이 기타만 제대로 손질이 되어 있었으니까요."

"그게 아니라, 왜 내가 너랑 같이 연주해야 하는데?"

"기왕 이렇게 둘이 있으니까 같이 해보고 싶어서요. 마지막 날인데 뭐 어때요?"

올곧게 하는 말에 어째서인지 간단히 그걸 거부할 수가 없었다.

나는 간신히 한마디만 겨우 입에 올렸다.

"클래식 곡은 하나도 몰라."

"클래식이 아니어도 돼요. 전 사실 클래식보다 재즈를 더 좋아하거든요. 엄마 앞에서는 칠 수 없었지만요."

"난 재즈곡도 아는 게 없는데."

"그냥 아무거나 해도 돼요. ……음, 그럼 펜타토닉은 아세요?"

"당연하지."

바보 취급을 받은 기분이 들어서 반사적으로 대꾸했다가 금방 후회하고 말았다. 그냥 모른다고 하면 저 요구를 안 들어줘도 됐는데.

그녀는 안심한 듯 가슴에 손을 얹었다.

"그럼 코드를 말해줄 테니까 펜타토닉에서 벗어나지 않는 부분만 연주해 주시면 돼요."

"……알았어."

내가 대답하자 그녀는 피아노를 치기 시작했다. 네 박자 3화음의 단순한 백킹.

"처음에는 C, G, Am, F부터 시작할게요."

그녀가 말했다.

내가 기타를 드는 사이에도 그녀는 같은 루트를 몇 번이나 반복했다. 그녀와 눈이 마주쳤다. 그녀는 작게 고개를 끄덕였다.

벗겨져 둥그스름하게 변한 피크를 가지고 현을 튕기자 기타 소리가 울렸다. 실제로는 그랜드피아노의 음량에 밀려서 기타의 약한 음은 거의 들리지 않을 텐데도, 그녀는 기쁨에 찬 부드러운 표정을 지었다.

나를 시험하는 것처럼, 자극하는 것처럼 피아노 음이 가속한다. 가끔 일부러 음을 비틀면서 그녀는 차례로 코드명을 읊었다.

노래하듯 즐겁게 몸을 흔들면서.

그녀의 목소리에 맞춰서 나는 필사적으로 손가락을 움직였다. 상태를 살피듯 그녀가 나를 본다. 나도 고개를 끄덕여 답했다.

그녀가 시비라도 걸듯 과장된 조바꿈을 선보인다. 생각하기도 전에 손가락이 움직여 그녀에게 화답한다. 신경이 귀와 손가락에만 쏠린 기분이 들었다.

소리가 딱 맞아들어가는 순간. 평소처럼 내가 자동으로 소리를 연주하는 기계의 일부라도 된 것 같은 기분이 들었다. 그건 아주 편안하고 그리운 감각이었다.

"울고 있어요?"

"……어?"

어느새 피아노 소리가 멈췄고, 나는 내가 눈물을 흘리고 있음을 알아차렸다.

"괜찮으세요?"

"아아…… 잠깐 옛날 생각이 나서."

"옛날 생각이요? 괜찮으면 말해줄래요? 아니면 그것도 말해봤자 소용없는 건가요?"

그녀가 부드럽게 미소를 지었다.

그걸 보니 그녀에게 내 이야기를 차고 싶은 마음이 간절해졌다.

나는 눈을 감고 그리운 나날을 추억했다.

"세상이 이렇게 되기 전에, 나는 뮤지션이었어. 먹고 살 정도는 됐지만 별로 대단한 존재는 아니었지. 친구와 둘이서 활동했는데, 그 녀석은 키보드였고 나는 기타를 연주했어."

"아아, 그럴 것 같았어요."

"종말 선언이 터지고 나서 일거리가 없어졌지. 그러던 어느 날, 그 녀석이 갑자기 여행을 떠나자고 하더군. 이런 세상이니까 일본 곳곳을 돌면서 음악으로 꿈을 전하고 싶다는 바보 같은 소리를 했어."

"참 멋지네요."

"실제로는 그냥 떠돌이 신세였지. 그냥 마음 가는 대로 차를 달리고, 생각나면 길에서 노상 라이브나 하고. 관객은 거의 있지도 않았는데도 그 녀석은 만족스러워했어."

"그분은 지금 어떻게 살고 있어요?"

그녀가 물었다. 무슨 일이 있었는지 어느 정도 짐작은 됐는지 그녀의 표정은 어두웠다.

"죽었어, 아마도."

"……아마도요?"

"어느 날, 평소처럼 라이브를 하는 중이었는데 어떤 폭도의 공격을 받았어. 그날, 그 근처에서 작은 데모가 벌어지고 있었나봐. 그래서 나는 이 기타만 들고 도망쳤어. 필사적이었지. 그 녀석도 도망쳤겠지만 그 이후로는 만날 수도 없었어. 아무리 찾아도 보이지 않으니까 분명 죽었겠지. 그리고 그때부터 나는 음악을 그만뒀어."

"……."

그녀가 눈을 감고 살짝 눈물을 흘리는 게 보였다. 이런 바보 같은 이야기를 듣고 울어주는 사람이 있다니, 그 녀석도 다소 한이

풀리지 않을까.

“알려줘. 대체 음악에 무슨 의미가 있지? 음악으로 희망을 전하려 했던 그 녀석은 음악 때문에 죽었어. 아무리 훌륭한 소리를 해도 그 녀석이 죽은 건 사실이야. 음악에는 세상을 바꿀 힘 따위 없어. 이런 거로 꿈과 희망을 주는 건, 이룰 수 없는 꿈이었다고. 안 그래?”

그녀는 조금도 시선을 피하지 않고 나를 똑바로 바라보았다. 그리고 하나씩 단어를 고르듯, 생각을 정리하듯 천천히 입을 뗐다.

“전 그런 생각이 들어요. 당신의 말대로 음악에는 세상을 바꿀 힘은 없을 거예요. 평화를 노래한 레논도 폭력 앞에서는 무력했죠.”

“그래, 맞아.”

“—하지만, 바로 옆에 있는 사람의, 들어주는 사람의 등을 살짝 밀어주는 그런 느낌 있잖아요? 음악에는 그런 작은 힘도 분명 존재해요.”

“그런 건 음악이 안 들리면 없는 것과 똑같잖아.”

“그래서 우리는 곡을 연주하는 거죠. 닿지 않을지도 몰라요. 울리지 않을지도 몰라요. 그래도 누군가에게 닿을 것을 바라면서.”

순수하게 음악을 믿는 그 눈동자에는 조금의 흔들림도 보이지 않았다. 창문에서 들어온 햇살이 그녀를 비추며 빛나는 것처럼 보였다. 그 모습이 너무나도 눈부셔서 나는 시선을 돌려버리고 말았다.

"이제 내일이면 아무도 없게 될 텐데."

"지금 여기에 제가 있고, 당신도 있잖아요. 분명 그분의 음악은 지금도 당신의 등을 떠밀고 있을 거예요. 그러니까 당신은 지금도 음악에서 벗어나지 못하고 여기 있는 거고요."

그 말은 신기하게 가슴 속에 스며들어 마음이 가벼워지는 느낌이 들었다.

그리고 마침내 깨달았다. 나는 지금까지 계속 그 녀석이 돌아오길 기다렸다는 것을.

결국 그 녀석은 돌아오지 않았지만 대신 그녀를 이곳으로 이끌어주었다.

눈동자 안쪽이 시큰거렸다. 또 눈물이 날 것 같다는 생각에 나는 얼른 고개를 숙였다.

"……넌, 최후의 날을 같이 보낼 사람이 이런 정체를 알 수 없는 남자라도 괜찮아?"

그녀는 장난스럽게 웃었다.

"솔직히 새삼스럽지만 자기 소개나 해요. 제 이름은 카나데예요. 「너」가 아니고요. 당신의 이름도 알려주세요."

"슈야라고 해."

"자, 이제 정체를 알 수 없는 사람이 아니게 됐죠? 그럼 마저 음악을 연주해요. 이게 마지막이니까 이제 더는 1초도 낭비할 수 없다고요."

그녀― 카나데가 농담처럼 말하더니 피아노를 높다랗게 울렸다. 나도 그녀와 보조를 맞추듯 음을 맞췄다.

내일, 정말로 세상이 끝날지는 알 수 없다.

그렇지만 부디 끝나지 않길 바란다. 나는 정말로 오랜만에 그렇게 느꼈다.

만약 내일 세상이 멸망하지 않는다면, 그때는 나와 같이 여행을 떠나지 않을래?

그렇게 말하면 그녀는 어떤 반응을 보일까. 나는 기타를 연주하면서 계속 그런 생각만 했다.

YOASOBI

Ayase × ikura

인터뷰

소설이 음악으로 탄생하기까지

「소설을 음악으로 만든다」라는 이제까지 존재하지 않았던 콘셉트로 활동하는 YOASOBI는 2020년 가장 주목받는 아티스트라고 할 수 있습니다. 작곡가로서 작사, 작곡, 편곡을 담당하는 Ayase 씨와 보컬 담당인 ikura 씨는 이 책에 수록된 원작 소설을 어떻게 매력적인 음악으로 변신시키는 걸까요. 두 사람이 가진 창작의 비밀을 알아보도록 하겠습니다.

데뷔곡 『밤을 달리다』는 용기가 필요했다

—YOASOBI에게 있어 원작 소설은 어떤 위치에 있는 것인가요?

Ayase : 악곡의 뼈대나 기둥 같은 것이라고 생각합니다. 원작 소설에는 「뼈대」 주변에 「살」이 붙어 있어서, 이 두 가지가 하나의 작품으로 성립되고 있지요. 하지만 그걸 음악으로 만들어내기 위해서는 일단 원래 붙어 있던 살을 벗겨내고 다른 살을 붙여 다시 태어나게 해야 합니다.

ikura : 제가 하는 일은 Ayase 씨가 새롭게 덧붙인 「살」 위에 노래라는 「피부」를 붙여넣는다는 느낌이랄까요? 그렇게 해서 음악이라는 생물이 탄생하게 되는 거지요.

—그럼 악곡의 「뼈대」가 되는 원작 소설을 읽었을 때 어떤 감상을 품으셨나요? 예를 들어 『밤을 달리다』의 원작인 「타나토스의 유혹」은 어떠셨나요?

Ayase : 이야기의 흐름이 확실하다는 느낌을 받았습니다. 반전 결말이 있고, 거기에 이르기까지의 흐름이 매우 속도감 있지요. 곡을 만들 때 그런 질주감이나 깜짝 놀라는 느낌을 의식하였습니다.

—원작 소설을 어떻게 음악으로 만들지는 작품을 읽을 때 그 아이디어가 떠오르시나요?

Ayase : 소설을 음악으로 만들려면 원작에 없는 것을 더하는 것보다 이미 있는 것을 강조하거나 넓히는 편이 더 어울리는 것 같아요. 소설을 읽고 뭔가 느끼는 바가 있으면 정말로 그런지 스스로에게 물어봅니다. 그걸 반복하면서 핵심이 되는 걸 찾아 음악으로 만듭니다.

—원작 소설이 「뼈대」라고 하셨는데, 『밤을 달리다』를 비롯하여 다른 곡들도 「살점」을 붙여나가는 방법이 참 절묘한 것 같아요. 소설에 숨어있는 것을 잘 끌어내시는 것 같고요.

Ayase : 그렇게 생각해 주신다니 기쁘네요. 가사에는 주인공의 감정을 담아내는 것도 필요하지만, 그뿐만이 아니라 어떤 사건이 일어나고 있는지 이야기해야 해요. 그러려면 주인공에게서 잠시 떨어져 이야기를 살펴봐야 하죠. 또한 제가 원작 소설을 읽고 어떻게 생각했는지도 중요해요. 그 세 가지의 균형을 잡으면서 가사를 씁니다.

—곡을 만들 때 자신의 위치가 어디인지 의식하신다는 뜻이군요.

Ayase : 계속 주인공의 감정만을 엮어 넣어도 곡을 듣는 사람은 어떤 일이 일어나는지 전혀 모를 테니까요. 그렇다고 해서 단순히 스토리만 말해준다면 그냥 사건 설명으로만 끝나고 말죠. 제 감상만 잔뜩 넣어도 생각이 한쪽으로 기울게 될 거고요. 그 세 가지를 잘 조합하면 원작 소설의 세계관을 살리면서도 음악만이 가진 세계를 만들 수 있지 않을까 싶어요.

—ikura 씨는 「타나토스의 유혹」을 읽으셨을 때 어떤 인상을 받으셨나요?

ikura : 결말을 읽기 전까지는 그저 단순한 러브 스토리인 줄 알았어요. 정신적으로 내몰린 여자의 이야기라고 생각하고 읽었는데, 뜻밖의 전개가 기다리고 있었죠. 그로테스크하고 어두운 테마라 생각했는데, 업 템포에 마음을 사로잡는 곡이 완성됐을 때 큰 충격을 받았습니다. 하지만 Ayase 씨에게 어떤 의도가 있을 거라 생각했고, 원작 소설이 가진 속도감은 곡에 그대로 살아있어서 노래할 때도 그 속도감을 살리려고 노력했어요. 마지막에 느낀 오싹한 기분도 꼭 전해야겠다 싶었죠.

Ayase : 그로테스크하고 어두운 이야기이기에 마음을 확 사로잡는 곡으로 만들고 싶었습니다. 「죽음」이라는 주제는 쉽게 다룰 수 있는 것이 아니에요. 또한 가사는 소설이 베이스가 되는 것이어서 어떻게 해도 분위기가 어두워지죠. 그런 가사에 묵직한 곡을 얹으면 아무런 희망도 느껴지지 않고, 듣기에도 힘들 거예요.

또, 그로테스크한 느낌을 표현하려고 그로테스크함을 있는 그대로 드러내면 아무런 의미가 없어요. 저는 호러 영화를 좋아해서 자주 보는 편인데, 정말로 오싹한 건 일상 풍경 속에서 생각지도 못한 으스스한 것을 봤을 때라고 생각해요. 그래서 「타나토스의 유혹」의 어두운 분위기를 인상적으로 전하려면 오히려 밝은 곡이 더 어울릴 거라고 직감했습니다.

『밤을 달리다』는 YOASOBI의 첫 번째 작품이어서 소설을 어떻게 음악으로 만들지 팀원 모두가 그걸 고민하면서 진행했습니다. 완성될 때까지 몇십 곡이나 버려졌고, 토론을 거듭하면서 3개월 정도 걸려서 완성했습니다.

—ikura 씨는 이 책의 특전인 「타나토스의 유혹」의 낭독 영상에도 도전하셨는데 어떠셨나요?

ikura : 부분적으로 목소리를 내서 읽은 부분은 있었지만, 전체를 읽은 건 처음이었어요. 『밤을 달리다』의 가사 하나하나의 의미가 더 깊어져서 더욱 공을 들여 노래하고 싶어졌죠.

—이 낭독 영상을 본 분은 노래할 때와는 다른 ikura 씨의 목소리에 좀 놀라지 않을까요?

ikura : YOASOBI라는 그룹명은 여러분의 밤에 음악을 통해 서로에게 붙어 있고 싶다는 의미를 담고 있습니다. 그래서 자기 전 편안하고 조용한 시간을 보내는 분이나 고민이 있어 좀처럼 잠을 이루지 못하는 분께 다가가는 목소리로 이야기를 하고 싶었어요. 음악 스타일도 그렇고, 『밤을 달리다』도 마찬가지예요.

—『밤을 달리다』라는 제목을 처음 들었을 때는 어떤 기분이 드셨나요?

ikura : 『밤을 달리다』라는 제목은 작품의 마지막에 「밤하늘을 달리다」라는 문장을 명확하게 표현하고 있지는 않아요. 이런 문장을 제목으로 삼는 건 상당한 용기가 필요했어요. 하지만 「밤」만이 아니라 「달리다」라는 움직이는 단어가 들어감으로써 듣는 분의 상상력을 자극하지 않았을까요?

Ayase : 이 제목으로 정하길 참 잘한 것 같아요. 착 다가붙는 제목이 좀처럼 머릿속에 떠오르지를 않아 고민이 많았는데 「단순하게 『밤을 달리다』라고 정하는 게 어때요?」라고 제안했더니 다들 찬성해 줬으니까요. 그래서 곡에 맞는 최고의 제목이 정해지게 됐습니다.

—『밤을 달리다』는 두 분에게 아주 특별한 곡이 됐겠네요?

Ayase : 그렇지요. YOASOBI가 이렇게까지 많은 분의 지지를 얻게 된 건 『밤을 달리다』가 있었기 때문이라고 생각합니다. 첫 번째 곡이어서 어디까지 할 수 있을지 어려운 도전이긴 했지만, 결과적으로는 큰 움직임으로 이어졌으니 곡은 잘 만든 것 같아요(웃음).

ikura : 저도 보컬 담당으로서 어떻게 노래하면 좋을지 고민하는 것부터 시작했기에 특히나 마음이 많이 가는 곡이에요. YOASOBI의 「명함을 대신하는」 하나의 곡이 된 것 같아요.

「예지몽」을 주제로 가슴의 두근거림을 표현하고 싶었다

—두 번째 곡인 『그 꿈을 덧그리며』의 원작 소설 「꿈의 물방울과 별의 꽃」을 읽으셨을 때 어떤 감상을 느끼셨나요?

Ayase : 새콤달콤한 인상이 가슴 속에 진하게 남았습니다. 원작 소설에 있는 「예지몽」이라는 SF 같은 소재나 미래를 어떻게 바꿀 것인가 같은 주제는 굳이 부풀리지 않아도 돼요. 오히려 청춘의 상큼함이나 애달픔을 강조해서 듣는 이의 가슴을 두근거리게 하고 싶었습니다.

원작 소설은 「타나토스의 유혹」에 비해 훨씬 길어요. 그래서 음악을 들은 사람이 원작을 읽었을 때, 음악 속에 그려지지 않은 예지몽이나 미래 등을 즐길 수 있게 했지요.

—곡을 만들 때 SF적인 부분을 제외하신 이유는 뭔가요?

Ayase : 사실 처음에는 예지몽이나 미래라는 주제를 곡 안에 넣어서 만들었어요. 하지만 연애나 청춘 부분을 예지몽과 미래 부분과 제대로 균형을 맞출 수가 없었습니다. 양쪽 모두 어중간해서 완성 직전의 곡을 처음부터 다시 만들었죠.

음악에는 음악만의 장점이 있고, 소설에는 소설만의 장점이 있잖아요? 소설에 있는 걸 모두 음악에 담지 않아도 됩니다. 가사에는 키워드를 넣는 것 정도로 끝내서 소설을 읽은 사람이 「이 부분을 가리키는 거구나」하고 인식하게 만들면 되죠. 그런 식으로 즐기는 법이 있어도 되지 않을까요?

—ikura 씨는 『그 꿈을 덧그리며』의 원작 소설을 읽고 어떤 걸 느끼셨나요?

ikura : 저는 소설을 좋아해서 자주 읽는데, 예지몽을 주제로 한 작품은 지금까지 읽어본 적이 없었어요. 가사에는 소년과 소녀의 심정이 뒤섞여 있는데, 같은 「좋아해」라는 말이라도 소년과 소녀로 노래를 나누고 있어요. 「타나토스의 유혹」×『밤을 달리다』가 남자의 시점이어서 차이를 드러내도 좋을 것 같았습니다.

—다음으로, 네 번째 곡인 『아마도』의 원작 소설은 남녀의 이별이라는 친근한 주제를 다룬 단편입니다.

Ayase : 저도 소중한 사람과의 이별을 경험해 본 적이 있어서 원작 소설에는 크게 공감했습니다. 그래서 곡 만드는 것도 순조롭게 진행됐죠.

—직접 겪으셨던 감정을 곡에 담으셨군요.

Ayase : 그렇지요. 물론 차이가 있지만, 이 소설의 주인공은 다소 담담하다고나 할까, 이미 포기한 느낌이지만 저는 주인공과는 달리 미련이 남아 질질 끄는 성격이지요.(웃음)

다만 소설 속 두 사람과 제 감정이 겹치는 부분이 많아서 곡은 순식간에 머릿속에 떠올랐어요. 마찬가지로 이별을 경험한 사람도 많을 테니 『밤을 달리다』나 『그 꿈을 덧그리며』보다 이 곡에 더 친근함을 느끼지 않을까 싶네요.

ikura : 재미있었던 건 원작 소설의 주인공이 계속 눈을 꽉 감고 있던 점이었어요. 주인공의 자문자답만으로 이야기가 진행되는 것에서 언어의 힘을 느꼈죠. 그래서 제가 노래할 때도 자문자답을 하는 느낌을 내고 싶었습니다. 주인공은 잘못은 누가 했는지 자신을 탓하기도 하고, 내 안에서 답을 찾으려고 이리저리 갈등하고 있어요. 눈을 뜨면 상대방이 있어야 하는데 그렇지 않은 주인공의 심정을 노래로 표현하고 싶었습니다.

—소설 「세계의 끝과 작별의 노래」는 음악이라는 소재가 직접적으로 그려진 작품입니다. 인터뷰가 이루어지는 시점에서 이 원작 소설을 기반한 다섯 번째 곡을 제작 중이라고 들었습니다.

Ayase : 이야기에 크나큰 스케일을 느꼈습니다. 내일 세상이 끝난다는 주제는 아주 익숙한 것이지만, 이야기 속에 나오는「끝」에 대한 슬픔과는 다른 감정을 담아내는 부분이 참 좋았습니다. 명확한 결말이 있는 게 아니라 주인공으로부터 여러 감정이 흘러나오는 마지막도 참 마음에 들었습니다.

이 소설을 원작으로 해서 만드는 곡은 발라드입니다. 템포는 느리고, 악기도 피아노와 현악기에 디지털 사운드를 더했죠. 제가 접해왔던 클래식의 세계와 ikura 씨의 깊이감 있는 보컬, 그 두 가지 매력을 합친 음악이 될 것 같습니다. 아직 제작 중이지만요……. (웃음)

—다른 작품과 비교해서 훨씬 더 강렬한 메시지가 담겨 있을 것 같네요.

Ayase : 저희는 음악을 업으로 삼아 살아가고 있고, 음악에 의해 살아간다고 해도 과언이 아니에요. 세계 종말의 날에 정말로 우리가 음악을 연주하고 있을까요? 이것만큼은 경험해 보지 않으면 알 수 없겠지만, 마지막에 되돌아보게 되는 건 분명 음악일 것 같습니다.

Ayase가 소설을 어떻게 해석했는지를 생각해본다

—레코딩을 할 때, ikura 씨는 음악과 소설의 어떤 부분을 살려 노래를 하시나요?

ikura : 원작 소설이 정해지면 저도 나름대로 열심히 읽고 어떤 곡이 될지 상상해 봅니다. 이후, 곡을 받으면 Ayase 씨가 소설을 어떻게 해석했는지 생각해보죠. 가사에 원작 소설에서 쓴 단어가 있으면 그건 아주 중요한 말이겠구나. 반대로 원작에 없는 부분이 있으면 Ayase 씨는 왜 이런 가사를 적었을까? 이렇게요.

물론 소설을 쓰신 작가님의 의도도 상상해 봅니다. 그걸 모두 모아 어떤 식으로 노래할지 생각합니다. 레코딩에 돌입해서도 Ayase 씨와 이야기하면서 작업을 합니다.

Ayase : 제가 처음에 머릿속에 그렸던 것과는 달라도 저는 ikura 씨의 감성을 존중하고 있어서 ikura 씨가 말하는 곡의 이미지를 듣고 그 의견을 채택한 적도 몇 번이나 있어요. 「원하는 분위기를 만들어내기 위해서는 이런 식으로 리듬을 넣는 편이 좋지 않을까」처럼 기술적인 부분에 대해서도 많이 대화하는 편이지요.

—YOASOBI라는 유닛을 구성하면서 「소설을 음악으로 만든다」는 콘셉트를 두고 Ayase 씨는 이를 어떻게 받아들이셨나요?

Ayase : 「아주 어려울 것 같다」라는 생각이 들었어요. 그때까지만 해도 곡과 가사 모두 직접 만들었기에 이미 있는 원작 소설로 곡을 만든다는 시도는 너무나 신선했으니까요. 재미있을 것 같긴 했지만, 그 어려움도 상상할 수 있었기에 처음에는 도전 정도로만 생각했습니다.

—소설을 원작으로 한 음악의 세계관을 표현하는 것에 있어, ikura 씨의 노랫소리가 큰 의미를 가진 것 같아요.

Ayase : YOASOBI의 보컬을 찾을 때 이런 느낌의 목소리를 가진 사람이 좋지 않을까 하는 이미지를 가지고 있었습니다. 그리고 ikura 씨의 노랫소리에는 굉장한 투명감과 친근함이 모두 깃들어 있었지요. 어딘가에 존재할 것 같지만, 그 어디에도 찾아볼 수 없는 느낌은 바로 그녀만이 낼 수 있는 노랫소리입니다. 이야기나 주인공에 따라 노래 방식도 바꾸고 있는데, 그 전부를 ikura 씨가 노래합니다. 최근에 그 「심지」에 해당하는 부분이 더욱 두터워졌습니다. YOASOBI로서 더욱 재미있는 일을 해볼 수 있을 것 같아 여러 가능성까지 느껴져요. 열아홉 살의 성장 속도는 정말 무섭다니까요(웃음).

ikura : 그 말씀을 들으니 참 기뻐요.

—ikura 씨는 이전부터 싱어송라이터 『이쿠타 리라』로 활동하셨고, 어쿠스틱 세션 유닛 『플러소니카』의 멤버이기도 하시잖아요? 그런데 YOASOBI에 참가하게 된다는 이야기를 처음 들으셨을 때 어떤 심정이셨나요?

ikura : 소설 읽는 건 참 좋아했지만, 「소설을 음악으로 만든다」라는 콘셉트는 솔직히 상상조차 못했어요. 싱어송라이터로 활동하는 제가 세계관과 음악을 모두 타인에게 맡겨도 될까 당혹스럽기도 했고요. 하지만 Ayase 씨의 「라스트 리조트」라는 곡을 들었을 때 같이 해보고 싶다는 직감이 들었습니다. 재미있는 프로젝트가 될 거라는 확신이 생겼거든요.

—YOASOBI라고 하면 「소설을 음악으로 만든다」는 것만이 아니라 음악마다 만들어지는 독특한 뮤직 비디오도 참 매력적인 것 같습니다.

Ayase : 입구가 많은 것이 중요합니다. 음악을 통해서도, 소설을 통해서도, 영상을 통해서도 좋아요. 음악을 듣고 나서 소설을 읽어도 그 나름의 재미가 있을 것이고, 다시 음악으로 돌아와도 색 다른 것이 보일지도 모르지요. 게다가 영상에 담긴 의미도 알 수 있을 겁니다. 그렇게 세 가지의 세계를 오가면서 작품의 주제에 다가가는 등 생각지도 못했던 넓은 재미를 느끼시면 좋겠습니다.

음악, 소설, 영상이 한데 모여 하나의 작품을 만들어내고 있으니까 어느 것부터 시작해도 괜찮아요. 기왕이면 하나만이 아니라 다른 것도 접하면 더 좋을 거고, 그렇게 작품의 입체적인 세상을 즐기시면 좋겠어요. 작품에 「참가」할 수 있는 감각이야말로 YOASOBI가 널리 퍼지는 이유라고 생각합니다. 먼저 공개된 소설을 읽고 어떤 곡이 나올지 기다려도 좋고, 음악을 듣고 소설을 읽어도 좋습니다. 자유롭게 YOASOBI를 즐겨주시면 기쁘겠습니다.

ikura : 지금 YOASOBI로 할 수 있는 일이 점점 늘어나는 느낌이에요. 첫 시작 때는 생각지도 못했던 것에 도전하기 위한 토대가 음악, 소설, 영상으로 각각 완성되어 있는 상태가 참 재미있는 것 같아요.

—YOASOBI의 세계가 더욱 넓어질 것 같아요. 오늘 인터뷰에 응해주셔서 정말 감사합니다.

(2020년 7월 7일 SME 로쿠반쵸 빌딩에서 진행)

구성 : 타나카 히사카츠

Ayase

1994년 4월 4일 출생, 야마구치현 출신.

2018년 12월에 VOCALOID 악곡을 투고 개시. 슬픔과 애수가 깃든 멜로디에 고찰하고 싶은 의욕을 자극하는 가사로 인기를 얻어, 2019년 4월에 발표한 「마지막 리조트」는 You Tube 600만 회 재생 수를 돌파했다. 2019년 11월 출시한 첫 EP 「유령 도쿄」는 현장 판매 및 온라인 판매 모두 완판 기록을 냈다. 보컬로이드 음악을 자신이 직접 부른 셀프 커버도 큰 호평을 얻었으며, 「유령 도쿄」는 600만 회, 「밤을 위로하는 마노」도 300만 회 재생 수를 돌파했다. 보컬로이드 프로듀서, YOASOBI 작곡가로서의 활동까지 하며 다양한 가수에게 곡을 제공하기도 하는, 2020년 가장 주목받는 아티스트다.

ikura

싱어송라이터 이쿠타 리라로 활동하여, 2019년 11월에는 세컨드 미니 앨범 『Jukebox』를 발매했다. 도쿄카이죠니치도안신세이메이(東京海上日動あんしん生命) 보험 회사의 CM 광고나 카메라 애플리케이션 SNOW의 뮤직비디오, 그리고 2020년 8월부터 Google Pixel의 새로운 CM에서 노래하는 등, 한 번 들으면 귓가에서 떠나지를 않는 그 목소리가 주목을 받고 있다. 어쿠스틱 세션 유닛 「플러스니카」에도 재적 중이다.

구매자 한정 프리미엄 특전 동영상

소설 발매를 기념하여, 구매해주신 분들이 보실 수 있도록 특전 동영상을 준비했습니다.
스마트폰으로 하단의 QR 코드를 스캔해주세요.
특전 동영상을 보실 수 있는 YOUTUBE로 이동합니다.

시청방법

낭독 영상 시청은 스마트폰으로 QR 코드를 스캔한 후,
화면의 지시에 따라 영상을 즐겨주세요.

※ Wi-Fi 환경에서 시청하실 것을 권장합니다.

주의사항

- 콘텐츠 내용은 예고 없이 변경될 수 있습니다.
- 낭독 영상은 예고 없이 공개가 중지될 수 있습니다.
- 낭독 내용은 책에 수록된 작품과 차이가 있을 수 있습니다.
- 콘텐츠를 이용하시는 중 기기 고장, 건강상의 문제가 발생 시 모든 책임은 이용자에게 있습니다.
- 동영상, QR코드의 무단 복제, 공유를 금지합니다.

밤을 달리다
YOASOBI 소설집

1판 1쇄 발행 2023년 7월 20일
1판 5쇄 발행 2024년 3월 8일

지은이_ Mayo Hoshino, Sota Ishiki, Shinano, Kanami Minakami
옮긴이_ 김진아

발행인_ 최원영
본부장_ 장혜경
편집장_ 김승신
편집진행_ 권세라 · 최혁수 · 김경민 · 최정민
편집디자인_ 양우연
관리 · 영업_ 김민원

펴낸곳_ (주)디앤씨미디어
등록_ 2002년 4월 25일 제20-260호
주소_ 서울시 구로구 디지털로 26길 111 JnK디지털타워 503호
전화_ 02-333-2513(대표)
팩시밀리_ 02-333-2514
이메일_ lnovellove@naver.com
L노벨 공식 카페_ http://cafe.naver.com/lnovel11

ISBN 979-11-278-6932-8 03830

값 12,000원